Stefanie Drecktrah · Julia Wurth

Das Forderheft Deutsch 3

Rechtschreib- und Grammatiktraining

W0353760

Name: ______________________

Klasse: ____________

Mein Deutschmeister-Pass

Deutschmeister	Seite	Datum	Anzahl der richtig gelösten Aufgaben	Wie leicht fiel mir das? ☺ 😐 ☹
1	14			
2	24			
3	34			
4	44			
5	54			
6	62			

Mildenberger

Inhaltsverzeichnis

Inhaltsverzeichnis

1 Finde die Nomen und unterstreiche sie.

2 Ordne die Nomen richtig zu.
Jedes Nomen muss zu beiden Kategorien passen.

	(fantastische) Tiere	Dinge	(fantastische) Menschen
nachts	Fledermaus		
grau			
Feuer			
niedlich			
Musik			
Halloween			

3 Welche Wörter hast du noch gefunden?

grün

Verben

- sagen, was jemand tut oder was geschieht.
- schreiben wir klein.
- haben eine Grundform (lachen) und verschiedene Personalformen (ich lache, du lachst ...).

1 Welche Wörter schlängeln sich durch die Kästchen?
Der fett gedruckte Buchstabe ist der Anfangsbuchstabe.
Du darfst nur benachbarte Buchstaben miteinander verbinden.

T	I	**S**
Z	E	N

A	**D**	L
C	K	E

R	E	N
N	E	N

R	E	N
H	A	**F**

B	R	Ü
I	S	**K**

2 Schreibe die Nomen aus Aufgabe 1 mit Artikel auf.

der Dackel

3 Schreibe die Verben aus Aufgabe 1 in allen Personalformen auf.

Grundform	sitzen		
ich			
du			
er/sie/es			
wir			
ihr			
sie			

Abstrakte Nomen

benennen Gefühle und anderes, das man nicht sehen kann.

1 Entwirre den Buchstabensalat. Welche Nomen sind hier gesucht? Schreibe sie mit Artikel auf.

2 Trage den Weg durch das Labyrinth ein. Achtung: Du darfst nur Gefühle oder andere abstrakte Nomen miteinander verbinden.

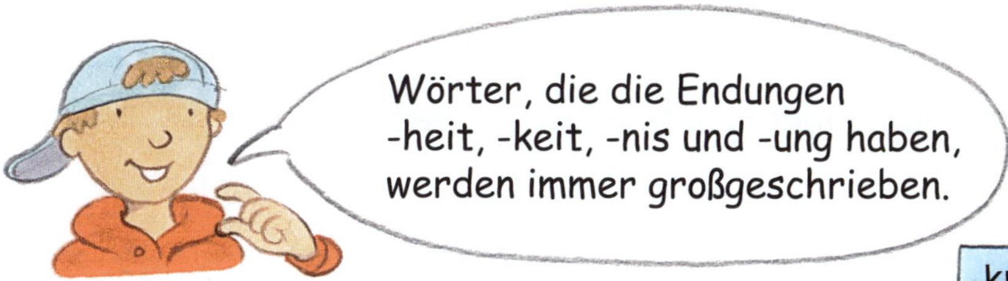

krank, frei, höflich, leiden, ärger, anerkenn, heiter, freund, finster, verantwort, erleb, gesund, spann, ~~freundlich~~

1 Trage die Wörter richtig ein.

Freundlichkeit

-keit

-heit

-nis

-ung

2 Überall ist noch eine Zeile frei. Ergänze immer ein passendes Wort.

3 Zwei Wörter konntest du nicht zuordnen.
Finde eine passende Endung und trage die Wörter ein.

Verben

haben einen Wortstamm und eine Endung.

1 Kreise den Wortstamm ein.

ich spiele | du gehst | wir laufen
du denkst | es riecht | sie rollt

2 Schreibe die Verben aus Aufgabe 1 mit der Grundform auf.

ich spiele – spielen

___ ___

___ ___

___ ___

3 Kreise auch hier den Wortstamm ein.

gehen | schlafen | hüpfen | schlurfen | klettern

4 Trage die Verben aus Aufgabe 3 an der richtigen Stelle ein.
Bilde die richtige Personalform. Das fett markierte Wort hilft dir.

Zarah, gehst **du** mit mir schwimmen?

Sie ___ auf einem Bein.

Er ___ müde ins Bett.

Wir ___ auf die Baumstämme.

Ich ___ sofort ein.

1 Bilde die ich-Form und die er-Form.
Achtung: Manchmal ändert sich bei Personalformen der Wortstamm.

treffen	ich treffe	→	er trifft
brechen	ich	→	er
helfen		→	
essen		→	
wollen		→	
haben		→	
dürfen		→	

2 Ergänze die richtigen Personalformen.

Wir (sein) sind ______ hungrig und es (sein) ______

fast Abendbrotzeit. Papa (braten) ______ die Gans.

Er (würzen) ______ sie mit Salz, Pfeffer und vielen Kräutern.

Die Gans (sehen) ______ schon sehr gut aus.

Also (decke) ______ ich den Tisch, während Mama das Brot

(brechen) ______. Gemeinsam (essen) ______

wir zu Abend. Es (schmecken) ______ sehr lecker!

Adjektive

- beschreiben, wie jemand oder etwas ist.
- können die Endung -ig oder -lich haben.

1 Bilde aus den Nomen Adjektive mit der Endung -ig oder -lich.

Tag täglich	Glück	Kind
Süden	Sonne	Gefahr
Fest	Herz	Ärger
Hass	Zorn	Hügel
Freund	Wind	Frost

2 Färbe alle Felder mit der Endung -lich farbig ein.

3 Welcher Buchstabe kommt zum Vorschein? Das ______.

Der Prinz sagt zu der Prinzessin, sie sei schön. Schneewittchen findet sich selbst aber klug und den Prinzen nett und mutig. Die Zwerge sind lieb, fleißig und lustig. Die Stiefmutter ist böse und gemein.

1 Unterstreiche alle Adjektive im Text.

2 Schreibe den Text ab. Schreibe dabei alle Adjektive in der 2. Vergleichsstufe auf.

Der Prinz sagt zu der Prinzessin, sie sei am schönsten.

1 Forme um.

Aussage: Alex wirft den Ball.

Frage: Wirft Alex den Ball?

Aufforderung: Wirf den Ball, Alex!

Aussage: Leon isst die Banane.

Frage: ______________________

Aufforderung: ______________________

Aussage: ______________________

Frage: Ist Hatice pünktlich?

Aufforderung: ______________________

Aussage: ______________________

Frage: ______________________

Aufforderung: Versteck dich, Hase!

2 Bilde aus den Bausteinen einen Aussage- und einen Fragesatz.
Bilde danach den zugehörigen Aufforderungssatz.

gründlich | Lars | sein Müsli | kaut

Lars kaut ______________________

____

____

b oder p? d oder t? g oder k?

Die richtige Schreibweise am Ende eines Wortes (Auslaut) findest du durch Verlängern:

Freunde – Freund

milder – mild

fegen – fegt

1 Welche Buchstaben fehlen? Trage ein. Verlängern der Wörter hilft dir dabei.

über den Ber g sein	die Erledigung verzögern
Eine Han ___ wäscht die andere.	Genau da ist das Problem.
etwas auf die lange Ban ___ schieben	Das Schlimmste ist vorbei.
das Kin ___ mit dem Bade ausschütten	Man hilft sich gegenseitig.
Da lie ___ t der Hase im Pfeffer.	Er opfert sich auf.
Er gi ___ t sein letztes Hem ___ .	etwas übereilt tun

2 Verbinde die Redewendungen mit der passenden Bedeutung.

Der 1. Deutschmeister

20 min

1 Markiere sechs weitere Nomen.

W	T	H	A	U	S	R
A	K	S	N	Z	H	P
S	F	W	U	T	U	L
S	I	K	L	A	N	I
E	F	R	E	U	D	E
R	W	F	N	A	T	B
G	L	B	L	U	M	E

2 Schreibe die abstrakten Nomen neben das Wortgitter.

3 Kreise den Wortstamm ein.

essen pflücken fallen werfen

4 Trage die Verben aus Aufgabe 3 in der richtigen Form ein.

Frieda und Matthias ______ Kirschen.

Frieda ______ gleich eine.

Zwei Kirschen ______ auf ihren Kopf.

Matthias ______ die Früchte in einen Korb.

5 Ergänze die fehlenden Formen.

Grundstufe	1. Vergleichsstufe	2. Vergleichsstufe
	glücklicher	
		am kleinsten

Du hast ______ von 21 Aufgaben richtig gelöst.

1 Kreise bei jedem Verb den Wortstamm ein.

2 Schreibe die Wortstämme in das magische Quadrat.
Achtung: letzter Buchstabe = erster Buchstabe

3 Ergänze das Lösungswort.

Du bist sehr S _ _ _ _ _ !
(1 2 3 4 5 6)

1 Markiere zehn weitere Verben.

B	E	F	E	H	L	E	N	D	T	E	N	E	I	R
E	A	C	R	N	Y	F	G	B	I	N	D	E	N	A
L	A	U	F	E	N	Q	E	L	F	U	M	I	M	T
L	S	D	E	Z	S	C	H	L	A	F	E	N	O	E
E	S	S	E	N	T	S	E	H	E	N	M	O	N	N
N	W	A	S	C	H	E	N	E	H	E	L	F	E	N

2 Schreibe die entsprechenden Verben aus Aufgabe 1 zu den Bildern.

 gehen

 ____________

 ____________

 ____________

 ____________

 ____________

 ____________

 ____________

3 Ergänze die Verben in der richtigen Form.

Malte () geht mit seinem Hund spazieren.

Auf dem Weg () ____________ er Leni und Hanna.

Die Mädchen () ____________ Eis in einer Eisdiele.

Malte () ____________ hin. Er () ____________ den Hund an und () ____________ ihm zu warten. Der Hund () ____________ laut, aber kurz darauf () ____________ er sogar.

4 Schreibe die übrigen Verben aus Aufgabe 1 in der er-Form auf.

____________ ____________ ____________

h-Regel

Nur Wortstämme, die auf l, m, n oder r enden, schreiben wir mit h.

1 Kreise den Wortstamm ein.

nehmen zählen kehren wählen
lehnen lahmen fahren wohnen

2 Kreise auch hier den Wortstamm ein.

sie ahnt ich zahle du fehlst

3 Mit oder ohne h? Denke an die h-Regel und schreibe die Verben.

 ich fü re führe

 er gä nt

 ich le re

 du ru fst

 sie sa gt

 er se nt

 du kü lst

 wir wo nen

4 Löse das Sudoku. Denke daran, dass jedes Wort nur einmal in der Spalte, einmal in der Zeile und einmal im Vierer-Block stehen darf.

	fahren	wählen	
		nehmen	
	wohnen		wählen

Wortfamilien

Wörter, die denselben Wortstamm haben, gehören zu einer Wortfamilie.

1 Kreise den Wortstamm ein.

Ge(fühl) | Kühlschrank | sehnen | sehnsüchtig

frühstücken | Frühling | einfühlsam | kühlen

gekühlt | Sehnsucht | fühlen | früher

2 Immer drei Wörter aus Aufgabe 1 gehören zu einer Wortfamilie. Male sie in der gleichen Farbe aus.

3 Löse das Rätsel. Alle Wörter gehören zur Wortfamilie „fahr".

Wer zuerst fahren darf, der hat V o r f a h r t. (1)

Der ______________ (2) lenkt den Bus.

Autos und Motorräder sind ______________ (3, 4).

Anderes Wort für Aufzug: ______________ (5, 6)

In der ______________ (7, 8, 9) lernt man Auto fahren.

Auf dem ______________ (10) steht, wann der Bus kommt.

4 Trage das Lösungswort ein.

Das war total a _ _ _ _ _ _ _ _ _ !

1 2 3 4 5 6 7 8 9 10

Pronomen

Nomen kann man durch Pronomen ersetzen.
„**pro**“ ist lateinisch und bedeutet „**für**“.
Er, **sie**, **es**, **ihn**, **ihr**, **ihnen** sind z. B. Pronomen.

1 Trage die richtigen Pronomen ein.

Zarah und Umut besuchen Zarahs Tante Monika.

Sie ______ machen einen Ausflug in den Kletterpark.

Zarah war schon oft dort, ______ macht das Klettern viel Spaß.

Umut ist ein wenig ängstlich, da ______ noch nie dort war.

Zarah und Umut bekommen einen Klettergurt und einen Helm.

______ ziehen beides an und dürfen zum ersten Parcours.

Zarah klettert voraus, Umut schaut ______ zu. Danach ist ______

an der Reihe. Die beiden Kinder klettern den ganzen Mittag. ______

haben sehr viel Spaß und der Tag gefällt ______ sehr gut.

2 Ordne die Nomen richtig zu.

Baby · Biene · Kaktus · Palme · ~~Tiger~~ · Mutter · Känguru · Veilchen · Polizist

	Tier	Mensch	Pflanze
er	Tiger		
sie			
es			

1 Markiere im Text die Nomen gelb, Verben grün und Adjektive blau.

Felix reinigt den Käfig des kleinen Hamsters. Er entfernt die alte Streu und wäscht den weißen Teller und das hölzerne Wohnhäuschen ab.
Dann füllt er frisches Wasser in die Trinkflasche und neues Stroh und Futter in den Käfig.
Der Hamster schnuppert am duftenden Heu und füllt seine flexiblen Backentaschen mit großen Karottenstücken. Die gesunde Beute bringt er für später in sein sauberes Häuschen.

2 Was hast du über Felix' Hamster gelernt? Fülle die Lücken.

Der Hamster ...

... hat ein hölzernes ________ ________

und einen ________ ________

für Äpfel und anderes Essen.

... braucht ________ ________ zum Trinken

und ________ ________ und Futter im Käfig.

... schnuppert gern am ________ ________.

... füllt seine ________ ________.

... bringt die ________ ________ ins Häuschen.

1 Wer oder was ist gemeint? Ersetze die Pronomen durch die passenden Nomen aus dem Pool.

~~Felix~~ den Hamster
die Kinder Hanna
Hanna und Umut
das Haustier Felix

(Er) Felix hat Besuch

von (ihnen) ______.

(Sie) ______ bauen ein Labyrinth

für (ihn) ______ auf.

(Sie) ______ legt Apfelstücke aus.

Dann lässt (er) ______ (es) ______ laufen.

2 Ersetze immer die vorgegebene Wortart durch ein passenderes Wort aus dem Wörterpool. Schreibe den Satz auf.
Achtung: Nicht alle Wörter aus dem Pool werden benötigt.

~~fressen~~ knapp Freunde frühstücken klein jubeln Menschen
grinsen Getränk fein lachen enorm

Verb Der große Hund diniert.

Der große Hund frisst.

Adjektiv Die zierlichen Hamster hamstern.

______

Verb Die schöne Hanna schmunzelt laut.

______

Nomen Die fröhlichen Bekannten spielen.

______

Zeitformen von Verben

Verben geben an, in welcher Zeit etwas stattfindet.
Vergangenheit / Präteritum: Der Vogel sang.
Gegenwart / Präsens: Der Vogel singt.

1 Schreibe zu allen Verben die richtige Präteritumsform.

- er findet: F A N D
- sie flötet
- ich spreche
- sie meidet
- sie spielt
- er schreibt
- ich habe
- er staunt
- sie singt
- ich biete

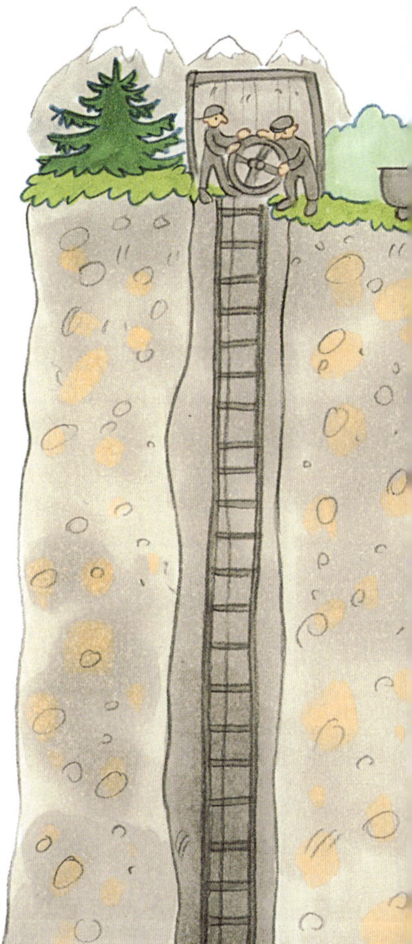

2 Trage das Lösungswort ein.

Den Wagen im Bergwerk nennt man

F ________________.

Malte besucht mit seinen Eltern ein Schaubergwerk und erfährt viele interessante Dinge.

3 Unterstreiche alle Verben im Text.

Die Bergmänner <u>haben</u> ein schweres Leben. In den Stollen ist es dunkel und heiß. Auch kann die Arbeit lebensgefährlich sein: z. B. wenn sich Gase sammeln, können die Männer daran ersticken. Doch die Bergmänner wissen sich zu helfen: Sie nehmen einen Vogel mit nach unten.
Fällt dieser bewusstlos von der Stange, wissen sie, dass Gefahr droht.

4 Fülle den Lückentext aus.
Setze dazu die entsprechenden unterstrichenen Verben aus Aufgabe 3 ins Präteritum.

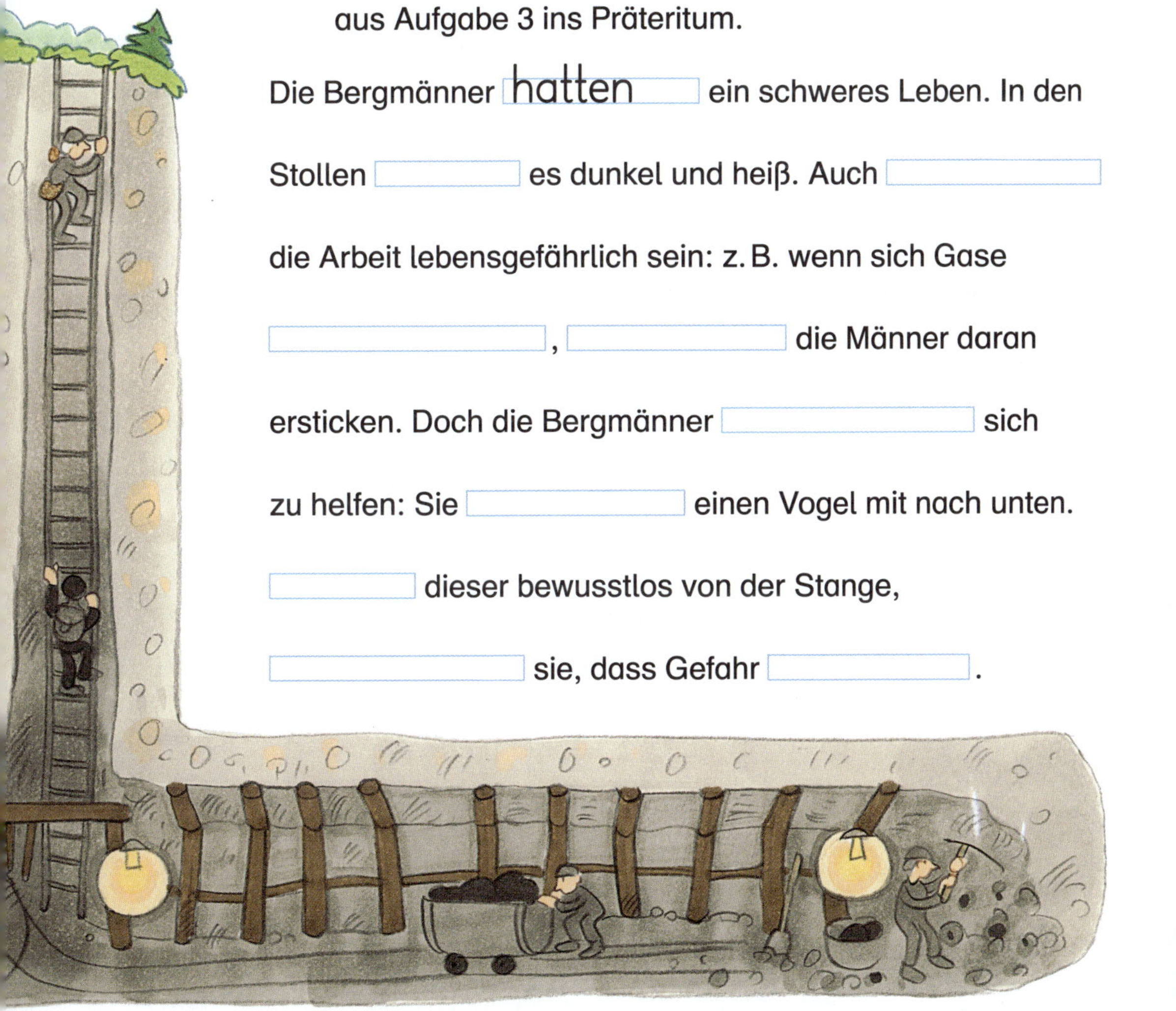

Die Bergmänner [hatten] ein schweres Leben. In den

Stollen ________ es dunkel und heiß. Auch ________

die Arbeit lebensgefährlich sein: z. B. wenn sich Gase

________, ________ die Männer daran

ersticken. Doch die Bergmänner ________ sich

zu helfen: Sie ________ einen Vogel mit nach unten.

________ dieser bewusstlos von der Stange,

________ sie, dass Gefahr ________.

Der 2. Deutschmeister

1 Mit oder ohne h? Schreibe die Verben.

fa ren kü len hu pen ne men za len be ten

mit dem Auto … ______ Geld geben ______

zu Gott … ______ greifen ______

laut tuten ______ kalt stellen ______

2 Trage die richtigen Pronomen ein.

Malte ist im Park. Dort sieht (Malte) ______ ein Eichhörnchen.

(Das Eichhörnchen) ______ lässt sich von (Malte) ______ füttern. Eine Frau steht am Ententeich. (Die Frau) ______ füttert (die Enten) ______ mit Brot.

Anscheinend schmeckt (das Brot) ______ (den Enten) ______.

3 Markiere die Nomen gelb, Verben grün und Adjektive blau.

Hamster süß schlafen weich Nest

4 Bilde mithilfe der Wörter aus Aufgabe 3 einen Satz.

Der ______ im ______

5 Schreibe die Verben im Präteritum auf.

er fällt ______ sie schläft ______

du rennst ______ wir essen ______

Du hast ____ von 23 Aufgaben richtig gelöst.

Deutsch-Bonbon

1 Markiere die Wörter in der richtigen Farbe.

Säugetier: grün Vogel: blau Insekt: rot

Fuchs Sperling Wasserläufer Huhn Pinguin Bär
Rotkehlchen Hamster
Maikäfer Eisbär Schwan
Biene Eule Motte Werwolf Weiße Fliege
Kuh Feuerwanze
Skarabäus Wal Phönix

2 Ordne die Nomen richtig zu.

	Säugetier	Vogel	Insekt
rot		Rotkehlchen	
braun			
weiß			
Wassertier			
Nutztier			
nachtaktiv			
legendär			

Redebegleitsatz

Der Redebegleitsatz mit Doppelpunkt : gibt an, wer spricht.

Wörtliche Rede

Die wörtliche Rede steht in Anführungszeichen „…“ und ist das, was gesprochen wird.

1 Unterstreiche im Text die Redebegleitsätze rot und die wörtliche Rede blau.
Ergänze dann die Doppelpunkte und die Anführungszeichen.

Hanna fragt ihre Mutter: „Mama, darf ich das Computerspiel installieren? Man baut sich dort einen Freizeitpark auf. Hannas Mutter antwortet Das klingt nach einer spannenden Aufgabe. Ich helfe dir beim Installieren und schaue mir das Spiel an. Mutter und Tochter sitzen am Computer. Hannas Mutter sagt Hier steht, man kann das Spiel auch online spielen. Hanna erwidert Ich weiß, Zarah hat mich schon gefragt, ob wir es zusammen spielen können.

2 Schreibe das Gespräch weiter. Die Bilder unten helfen dir dabei.

Hanna überlegt: „Vielleicht

3 Hannas Oma Christa kommt vorbei und lässt sich das Spiel zeigen. Ordne jeder Person zwei Sätze zu. Male sie in der entsprechenden Farbe aus.

„Da freue ich mich schon auf den nächsten Regen!“

„Gern können wir online zusammen spielen, wenn es regnet.“

Oma Christa

Hanna

„Aber jetzt könnten wir doch Halma spielen.“

„Vielleicht spielt Mama ja auch mit.“

4 Schreibe das Gespräch in der richtigen Reihenfolge auf. Schreibe einen passenden Redebegleitsatz dazu. Die Verben unten helfen dir dabei.

Oma Christa sagt:

ruft | ~~sagt~~ | schlägt vor | überlegt

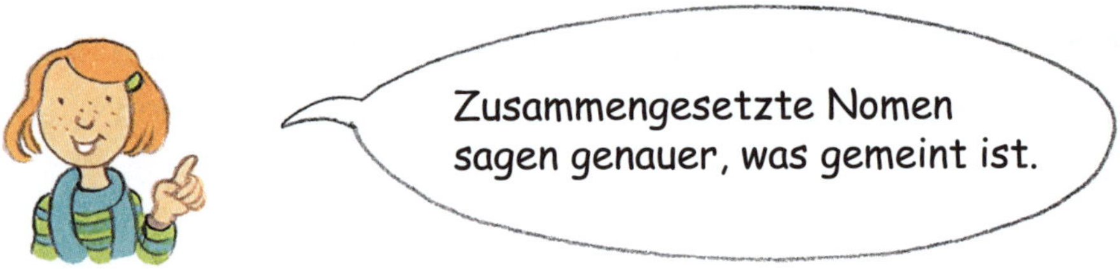

1 Verbinde die Nomen zu sinnvollen zusammengesetzten Nomen.

Computer	Abend
Freizeit	Bahn
Schule	Park
Spiele	Spiel
Straßen	Tag

(Schule — Tag)

2 Ergänze mit den zusammengesetzten Nomen aus Aufgabe 1.

Hanna trifft am nächsten Schultag ihre Freundin Marie in der ________. Sie erzählt von ihrem ________ mit ihrer Oma: „Sie hat mir auch versprochen, dass wir zusammen ein ________ spielen. Da muss man einen ________ aufbauen."

3 Schreibe die zusammengesetzten Nomen aus dem Text. Schreibe so:

die Schule – der Tag: der Schultag

1 Welche Nomen mit Eu/eu fehlen in den Redewendungen? Ergänze die passenden Nomen.

e Eulen nach Athen tragen.

s Kleider machen ______

n Öl ins ______ gießen

e den ______ an die Wand malen

r die Nadel im ______ haufen suchen

u jemanden aufs ______ legen

t sich mächtig ins ______ legen

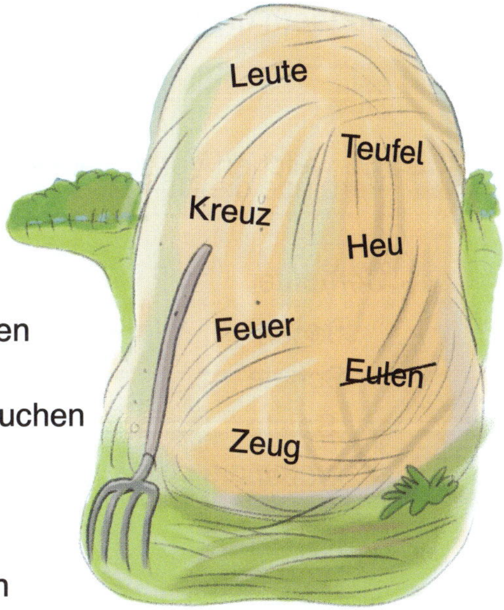

2 Ordne die Redewendungen aus Aufgabe 1 der passenden Bedeutung zu. Trage hierzu den entsprechenden Buchstaben ein.

☐ Wie jemand wirkt, hängt auch von der Kleidung ab.

☐ sich sehr anstrengen

☐ etwas Unmögliches versuchen

☐ Unheil heraufbeschwören, indem man darüber spricht

☐ jemanden auf unfaire Art besiegen

e etwas Unsinniges tun

☐ ein Unglück noch vergrößern

3 Trage das Lösungswort aus Aufgabe 2 ein.

Wir lassen uns keinen Sand in die Augen ______!

Vorsilben

verändern die Bedeutung von Wörtern.

1 Zu welchen Verben passt die Vorsilbe ver-? Kreise sie ein.

kaufen   raten   essen   schenken   täuschen

liegen   fahren   fragen   laufen   schlafen

2 Schreibe die passenden Verben aus Aufgabe 1 mit der Vorsilbe ver- auf.

verkaufen ________   ________

________   ________

________   ________

3 Mit oder ohne Vorsilbe? Schreibe die passenden Verben in die Lücken.

Kim schläft ________ gern lang.

Sie ________ manchmal.

Opa ________ durch eine fremde Stadt.

Er ________ sich häufig.

Hanna ________ ihr altes Puppenbett.

Sie ________ es ihrer kleinen Cousine.

Umut ________ sein Geheimnis nicht.

Zarah muss deshalb ________.

Prädikat

Durch die Fragen „Was tut …?“ oder „Was tun …?“ findest du das Prädikat.

Der Ball | fliegt | über die Mauer.

Über die Mauer | fliegt | der Ball.

Fliegt | der Ball | über die Mauer?

1 Was machen Jonas und Emma? Schreibe Sätze und forme sie um.

_____ _____ im Garten.

_____ _____ _____

_____ _____ _____

_____ _____ _____

_____ _____ _____

_____ _____ eine Sandburg?

2 Unterstreiche jeweils das Prädikat.

Auf dem Rasen schläft Jonas’ Katze. Sie schnurrt leise. Plötzlich wacht sie auf. Hört sie den Rasenmäher des Nachbarn oder riecht sie etwas zu essen? Jonas und Emma sind hungrig. Jonas weiß: In der Küche liegen Bananen. Schnell holen die Kinder sie und schälen die Früchte. Nach dem Essen schnuppert die Katze neugierig an den Schalen. Mag sie vielleicht etwas Obst?

1 Markiere sieben weitere Nomen, die mit der Vorsilbe „Vor-“ ein neues Wort ergeben. Schreibe sie mit Artikel in die richtige Zeile.

H	A	N	G
S	V	A	R
I	E	M	M
C	D	E	I
H	I	Q	T
T	J	U	T
E	I	D	A
A	R	F	G
F	A	L	L
N	T	I	V
T	N	U	B
L	I	A	I
T	E	I	L
A	T	N	D

mit dem ruft man dich → der Vorname

Idol → ______

Lagerbestand → ______

positiver Aspekt → ______

Achtung! → ______

Ereignis → ______

nach dem Morgen → ______

Gardine → ______

2 Bilde neue Verben mit der Vorsilbe vor-. Schreibe sie in der Grundform und in der er-Form auf.

vor-

-lesen
-fahren
-sagen
-schlagen
-stellen
-werfen
-ziehen
-schieben

vorlesen	er liest vor

Das Übungsheft Deutsch – Klasse 3

Rechtschreib- und Grammatiktraining

Für Kinder mit normalen Lese- und Schreibfertigkeiten ist **Das Übungsheft Deutsch** der ideale Trainingsbegleiter.
Zentrale Lerninhalte werden in Form von Schatzkisten zusammenfassend aufbereitet. Das beiliegende Lösungsheft ermöglicht die Selbstkontrolle. Auf der „Deutschmeister"-Seite am Ende jedes Kapitels werden die erarbeiteten Inhalte abgefragt. Zusätzlich bieten die „Deutsch-Bonbon"-Seiten besondere Aufgaben in Form von Rätseln oder Geheimschriften.

- Alle wichtigen Lerninhalte aus Rechtschreibung und Grammatik
- Kleine, in sich abgeschlossene Lernportionen
- Kompatibel mit ABC der Tiere
- Mit Sticker-Belohnungssystem!

Das Übungsheft Deutsch 3

64 S., vierf., Gh, 17 x 24 cm,
mit Stickerbogen und Lösungsheft
ISBN 978-3-619-34170-2

www.mildenberger-verlag.de/190

Das Übungsheft Lesen – Klasse 3

Lesetraining und Leseverständnis

Die Hefte der Reihe **Übungsheft Lesen** führen die Kinder behutsam und spielerisch heran, das genaue Lesen, das Erfassen von Inhalten und die gezielte Entnahme von Informationen zu trainieren.

Mit viel Spaß wird Lesekompetenz aufgebaut.

- Kurze spannende, erzählende Texte
- Sachtexte aus dem Interessengebiet von Grundschülern
- Nicht lineare Texte (Listen, Lagepläne …)
- Aufgaben in zwei Kompetenzstufen
- Lesebonbons in Form von Knobelaufgaben
- Mit Sticker-Belohnungssystem!

Das Übungsheft Lesen 3

64 S., vierf., Gh, 17 x 24 cm,
mit Stickerbogen und Lösungsheft
ISBN 978-3-619-34172-6

www.mildenberger-verlag.de/192

Das Übungsheft Rechtschreiben – Klasse 3

Methodentraining und Diktate

Hilfe zur Selbsthilfe: Nach diesem Prinzip arbeiten die Schülerinnen und Schüler im **Übungsheft Rechtschreiben**. Das Trainieren verschiedener Methoden gibt ihnen das Handwerkszeug zum richtigen Schreiben.

- systematische Gliederung nach Rechtschreibschwerpunkten
- Diktattexte in zwei Schwierigkeitsniveaus zur Auswahl
- Mit Sticker-Belohnungssystem!

Das Übungsheft Rechtschreiben 3

64 S., vierf., Gh, 17 x 24 cm,
mit Stickerbogen und Lösungsheft
ISBN 978-3-619-34171-9

www.mildenberger-verlag.de/193

4
Fisch
Brötchen
Salat
Joghurt
5
6
7
8
9
10
11
12
13
15
16
17
18
19
20
21
22
23
25
26
27
28
29
30
31
32
33
35
36
37
38
39
40
Essen
41
42
43
45
46
47
48
49
50
51
Lieblings
52

1 Finde die Nomen und unterstreiche sie.

2 Ordne die Nomen richtig zu.
Jedes Nomen muss zu beiden Kategorien passen.

	(fantastische) Tiere	Dinge	(fantastische) Menschen
nachts	Fledermaus	Bett	Schläfer
grau	Elefant	Stein	Senior
Feuer	Drache	Streichholz	Schmied
niedlich	Kaninchen	Teddy	Elfe
Musik	Vogel	Trommel	Sängerin
Halloween	Spinne	Schädel	Vampir

3 Welche Wörter hast du noch gefunden?

grün — sauber
schwimmt — tut
kalt — geht

Verben
- sagen, was jemand tut oder was geschieht.
- schreiben wir klein.
- haben eine Grundform (lachen) und verschiedene Personalformen (ich lache, du lachst ...).

1 Welche Wörter schlängeln sich durch die Kästchen?
Der fett gedruckte Buchstabe ist der Anfangsbuchstabe.
Du darfst nur benachbarte Buchstaben miteinander verbinden.

T I **S** / Z E N — A **D** L / C K E — **R** E N / N E N — R E N / H A **F** — B R Ü / I S **K**

2 Schreibe die Nomen aus Aufgabe 1 mit Artikel auf.

der Dackel — der Kürbis

3 Schreibe die Verben aus Aufgabe 1 in allen Personalformen auf.

Grundform	sitzen	rennen	fahren
ich	sitze	renne	fahre
du	sitzt	rennst	fährst
er/sie/es	sitzt	rennt	fährt
wir	sitzen	rennen	fahren
ihr	sitzt	rennt	fahrt
sie	sitzen	rennen	fahren

Abstrakte Nomen
benennen Gefühle und anderes, das man nicht sehen kann.

1 Entwirre den Buchstabensalat. Welche Nomen sind hier gesucht? Schreibe sie mit Artikel auf.

eiLbe: die Liebe	zlSto: der Stolz	asreWs: das Wasser
lsaG: das Glas	rueFed: die Freude	sHas: der Hass
uRahc: der Rauch	lekWo: die Wolke	lrteA: das Alter
rerÄg: der Ärger	seauP: die Pause	tuW: die Wut
giarkeTrtui: die Traurigkeit	gWe: der Weg	rfaGife: die Giraffe
bArtie: die Arbeit	mräL: der Lärm	pSßa: der Spaß

2 Trage den Weg durch das Labyrinth ein. Achtung: Du darfst nur Gefühle oder andere abstrakte Nomen miteinander verbinden.

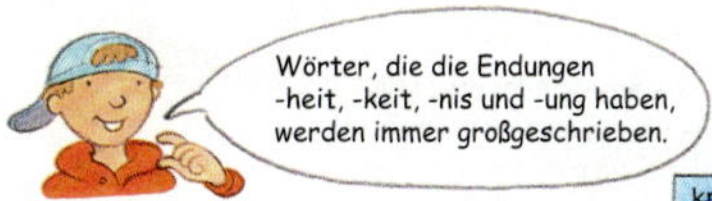

1 Trage die Wörter richtig ein.

-keit: Freundlichkeit, Heiterkeit, Höflichkeit, individuelle Lösung

-heit: Freiheit, Krankheit, Gesundheit, individuelle Lösung

-nis: Ärgernis, Finsternis, Erlebnis, individuelle Lösung

-ung: Anerkennung, Verantwortung, Spannung, individuelle Lösung

2 Überall ist noch eine Zeile frei. Ergänze immer ein passendes Wort.

3 Zwei Wörter konntest du nicht zuordnen.
Finde eine passende Endung und trage die Wörter ein.

-schaft: Leidenschaft, Freundschaft

Das Forderheft Deutsch 3 – Lösungen (Seite 8 – 11)

Verben
haben einen Wortstamm und eine Endung.

1 Kreise den Wortstamm ein.

ich (spiel)e — du (geh)st — wir (lauf)en
du (denk)st — es (riech)t — sie (roll)t

2 Schreibe die Verben aus Aufgabe 1 mit der Grundform auf.

ich spiele – spielen — du gehst – gehen
wir laufen – laufen — du denkst – denken
es riecht – riechen — sie rollt – rollen

3 Kreise auch hier den Wortstamm ein.

(geh)en — (schlaf)en — (hüpf)en — (schlurf)en — (kletter)n

4 Trage die Verben aus Aufgabe 3 an der richtigen Stelle ein.
Bilde die richtige Personalform. Das fett markierte Wort hilft dir.

Zarah, gehst **du** mit mir schwimmen?

Sie hüpft auf einem Bein.

Er schlurft müde ins Bett.

Wir klettern auf die Baumstämme.

Ich schlafe sofort ein.

1 Bilde die ich-Form und die er-Form.
Achtung: Manchmal ändert sich bei Personalformen der Wortstamm.

treffen	ich treffe	→	er trifft
brechen	ich breche	→	er bricht
helfen	ich helfe	→	er hilft
essen	ich esse	→	er isst
wollen	ich will	→	er will
haben	ich habe	→	er hat
dürfen	ich darf	→	er darf

2 Ergänze die richtigen Personalformen.

Wir (sein) sind hungrig und es (sein) ist fast Abendbrotzeit. Papa (braten) brät die Gans. Er (würzen) würzt sie mit Salz, Pfeffer und vielen Kräutern. Die Gans (sehen) sieht schon sehr gut aus. Also (decke) decke ich den Tisch, während Mama das Brot (brechen) bricht. Gemeinsam (essen) essen wir zu Abend. Es (schmecken) schmeckt sehr lecker!

Adjektive
- beschreiben, wie jemand oder etwas ist.
- können die Endung -ig oder -lich haben.

1 Bilde aus den Nomen Adjektive mit der Endung -ig oder -lich.

Tag: täglich	Glück: glücklich	Kind: kindlich
Süden: südlich	Sonne: sonnig	Gefahr: gefährlich
Fest: festlich	Herz: herzlich	Ärger: ärgerlich
Hass: hässlich	Zorn: zornig	Hügel: hügelig
Freund: freundlich	Wind: windig	Frost: frostig

2 Färbe alle Felder mit der Endung -lich farbig ein.

3 Welcher Buchstabe kommt zum Vorschein? Das P.

Der Prinz sagt zu der Prinzessin, sie sei schön. Schneewittchen findet sich selbst aber klug und den Prinzen nett und mutig. Die Zwerge sind lieb, fleißig und lustig. Die Stiefmutter ist böse und gemein.

1 Unterstreiche alle Adjektive im Text.

2 Schreibe den Text ab. Schreibe dabei alle Adjektive in der 2. Vergleichsstufe auf.

Der Prinz sagt zu der Prinzessin, sie sei am schönsten. Schneewittchen findet sich selbst aber am klügsten und den Prinzen am nettesten und am mutigsten. Die Zwerge sind am liebsten, am fleißigsten und am lustigsten. Die Stiefmutter ist am bösesten und am gemeinsten.

1 Forme um.

Aussage: Alex wirft den Ball.
Frage: Wirft Alex den Ball?
Aufforderung: Wirf den Ball, Alex!

Aussage: Leon isst die Banane.
Frage: Isst Leon die Banane?
Aufforderung: Iss die Banane, Leon!

Aussage: Hatice ist pünktlich.
Frage: Ist Hatice pünktlich?
Aufforderung: Sei pünktlich, Hatice!

Aussage: Der Hase versteckt sich.
Frage: Versteckt sich der Hase?
Aufforderung: Versteck dich, Hase!

2 Bilde aus den Bausteinen einen Aussage- und einen Fragesatz.
Bilde danach den zugehörigen Aufforderungssatz.

gründlich | Lars | sein Müsli | kaut

Lars kaut sein Müsli gründlich.
Kaut Lars sein Müsli gründlich?
Kau dein Müsli gründlich, Lars!

b oder p? d oder t? g oder k?
Die richtige Schreibweise am Ende eines Wortes (Auslaut) findest du durch Verlängern:
Freunde – Freund
milder – mild
fegen – fegt

1 Welche Buchstaben fehlen? Trage ein.
Verlängern der Wörter hilft dir dabei.

über den Berg sein	Das Schlimmste ist vorbei.
Eine Hand wäscht die andere.	Man hilft sich gegenseitig.
etwas auf die lange Bank schieben	die Erledigung verzögern
das Kind mit dem Bade ausschütten	etwas übereilt tun
Da liegt der Hase im Pfeffer.	Genau da ist das Problem.
Er gibt sein letztes Hemd.	Er opfert sich auf.

2 Verbinde die Redewendungen mit der passenden Bedeutung.

Der 1. Deutschmeister

20 min

1 Markiere sechs weitere Nomen.

W	T	H	A	U	S	R
A	K	S	N	Z	H	P
S	F	W	U	T	U	L
S	I	K	L	A	N	I
E	F	R	E	U	D	E
R	W	F	N	A	T	B
G	L	B	L	U	M	E

Wut
Freude
Liebe

2 Schreibe die abstrakten Nomen neben das Wortgitter.

3 Kreise den Wortstamm ein.

essen | pflücken | fallen | werfen

4 Trage die Verben aus Aufgabe 3 in der richtigen Form ein.

Frieda und Matthias pflücken Kirschen.
Frieda isst gleich eine.
Zwei Kirschen fallen auf ihren Kopf.
Matthias wirft die Früchte in einen Korb.

5 Ergänze die fehlenden Formen.

Grundstufe	1. Vergleichsstufe	2. Vergleichsstufe
glücklich	glücklicher	am glücklichsten
klein	kleiner	am kleinsten

Deutsch-Bonbon

1 Kreise bei jedem Verb den Wortstamm ein.

2 Schreibe die Wortstämme in das magische Quadrat.
Achtung: letzter Buchstabe = erster Buchstabe

S C H R E I B E L L E G
G R I N S U C H O L Ü G
G E H Ü P F R A G R A B
B R A T R E I B R E M S

3 Ergänze das Lösungswort.

Du bist sehr S C H L A U !

1 Markiere zehn weitere Verben.

B	E	F	E	H	L	E	N	D	T	E	N	E	I	R
E	A	C	R	N	Y	F	G	B	I	N	D	E	N	A
L	A	U	F	E	N	Q	E	L	F	U	M	I	M	T
L	S	D	E	Z	S	C	H	L	A	F	E	N	O	E
E	S	S	E	N	T	S	E	H	E	N	M	O	N	N
N	W	A	S	C	H	E	N	E	H	E	L	F	E	N

2 Schreibe die entsprechenden Verben aus Aufgabe 1 zu den Bildern.

gehen — binden
sehen — befehlen
essen — bellen
laufen — schlafen

3 Ergänze die Verben in der richtigen Form.

Malte geht mit seinem Hund spazieren.
Auf dem Weg sieht er Leni und Hanna.
Die Mädchen essen Eis in einer Eisdiele.
Malte läuft hin. Er bindet den Hund an und befiehlt ihm zu warten. Der Hund bellt laut, aber kurz darauf schläft er sogar.

4 Schreibe die übrigen Verben aus Aufgabe 1 in der er-Form auf.

er wäscht — er hilft — er rät

h-Regel
Nur Wortstämme, die auf l, m, n oder r enden, schreiben wir mit h.

1 Kreise den Wortstamm ein.

(nehm)en (zähl)en (kehr)en (wähl)en
(lehn)en (lahm)en (fahr)en (wohn)en

2 Kreise auch hier den Wortstamm ein.

sie (ahn)t — ich (zahl)e — du (fehl)st

3 Mit oder ohne h? Denke an die h-Regel und schreibe die Verben.

ich fü_re — führe — sie sa_gt — sagt
er gä_nt — gähnt — er se_nt — sehnt
ich le_re — lehre — du kü_lst — kühlst
du ru_fst — rufst — wir wo_nen — wohnen

4 Löse das Sudoku. Denke daran, dass jedes Wort nur einmal in der Spalte, einmal in der Zeile und einmal im Vierer-Block stehen darf.

wählen	nehmen	wohnen	fahren
wohnen	fahren	wählen	nehmen
fahren	wählen	nehmen	wohnen
nehmen	wohnen	fahren	wählen

Wortfamilien
Wörter, die denselben Wortstamm haben, gehören zu einer Wortfamilie.

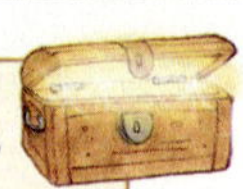

1 Kreise den Wortstamm ein.

Ge(fühl) (Kühl)schrank (sehn)en (sehn)süchtig
(früh)stücken (Früh)ling ein(fühl)sam (kühl)en
ge(kühl)t (Sehn)sucht (fühl)en (früh)er

2 Immer drei Wörter aus Aufgabe 1 gehören zu einer Wortfamilie. Male sie in der gleichen Farbe aus.

3 Löse das Rätsel. Alle Wörter gehören zur Wortfamilie „fahr".

Wer zuerst fahren darf, der hat V o r f a h r t.
Der B u s f a h r e r lenkt den Bus.
Autos und Motorräder sind F a h r z e u g e.
Anderes Wort für Aufzug: F a h r s t u h l
In der F a h r s c h u l e lernt man Auto fahren.
Auf dem F a h r p l a n steht, wann der Bus kommt.

4 Trage das Lösungswort ein.

Das war total a b g e f a h r e n!

Pronomen
Nomen kann man durch Pronomen ersetzen.
„pro" ist lateinisch und bedeutet **„für"**.
Er, **sie**, **es**, **ihn**, **ihr**, **ihnen** sind z. B. Pronomen.

1 Trage die richtigen Pronomen ein.

Zarah und Umut besuchen Zarahs Tante Monika.
Sie machen einen Ausflug in den Kletterpark.
Zarah war schon oft dort, ihr macht das Klettern viel Spaß.
Umut ist ein wenig ängstlich, da er noch nie dort war.
Zarah und Umut bekommen einen Klettergurt und einen Helm.
Sie ziehen beides an und dürfen zum ersten Parcours.
Zarah klettert voraus, Umut schaut ihr zu. Danach ist er an der Reihe. Die beiden Kinder klettern den ganzen Mittag. Sie haben sehr viel Spaß und der Tag gefällt ihnen sehr gut.

2 Ordne die Nomen richtig zu.

Baby Biene Kaktus Palme Tiger Mutter Känguru Veilchen Polizist

	Tier	Mensch	Pflanze
er	Tiger	Polizist	Kaktus
sie	Biene	Mutter	Palme
es	Känguru	Baby	Veilchen

1 Markiere im Text die Nomen gelb, Verben grün und Adjektive blau.

Felix reinigt den Käfig des kleinen Hamsters. Er entfernt die alte Streu und wäscht den weißen Teller und das hölzerne Wohnhäuschen ab. Dann füllt er frisches Wasser in die Trinkflasche und neues Stroh und Futter in den Käfig. Der Hamster schnuppert am duftenden Heu und füllt seine flexiblen Backentaschen mit großen Karottenstücken. Die gesunde Beute bringt er für später in sein sauberes Häuschen.

2 Was hast du über Felix' Hamster gelernt? Fülle die Lücken.

Der Hamster …

… hat ein hölzernes Wohnhäuschen

und einen weißen Teller

für Äpfel und anderes Essen.

… braucht frisches Wasser zum Trinken

und neues Stroh und Futter im Käfig.

… schnuppert gern am duftenden Heu.

… füllt seine flexiblen Backentaschen.

… bringt die gesunde Beute ins Häuschen.

1 Wer oder was ist gemeint? Ersetze die Pronomen durch die passenden Nomen aus dem Pool.

~~Felix~~ ~~den Hamster~~ ~~die Kinder~~ ~~Hanna~~ ~~Hanna und Umut~~ ~~das Haustier~~ ~~Felix~~

(Er) Felix hat Besuch

von (ihnen) Hanna und Umut.

(Sie) Die Kinder bauen ein Labyrinth

für (ihn) den Hamster auf.

(Sie) Hanna legt Apfelstücke aus.

Dann lässt (er) Felix (es) das Haustier laufen.

2 Ersetze immer die vorgegebene Wortart durch ein passenderes Wort aus dem Wörterpool. Schreibe den Satz auf.
Achtung: Nicht alle Wörter aus dem Pool werden benötigt.

~~fressen~~ knapp ~~Freunde~~ frühstücken ~~klein~~ jubeln Menschen grinsen Getränk fein ~~lachen~~ enorm

Verb Der große Hund diniert.
Der große Hund frisst.

Adjektiv Die zierlichen Hamster hamstern.
Die kleinen Hamster hamstern.

Verb Die schöne Hanna schmunzelt laut.
Die schöne Hanna lacht laut.

Nomen Die fröhlichen Bekannten spielen.
Die fröhlichen Freunde spielen.

Zeitformen von Verben
Verben geben an, in welcher Zeit etwas stattfindet.
Vergangenheit / Präteritum: Der Vogel sang.
Gegenwart / Präsens: Der Vogel singt.

1 Schreibe zu allen Verben die richtige Präteritumsform.

er findet	F A N D
sie flötet	F L Ö T E T E
ich spreche	S P R A C H
sie meidet	M I E D
sie spielt	S P I E L T E
er schreibt	S C H R I E B
ich habe	H A T T E
er staunt	S T A U N T E
sie singt	S A N G
ich biete	B O T

2 Trage das Lösungswort ein.

Den Wagen im Bergwerk nennt man Förderhunt.

Malte besucht mit seinen Eltern ein Schaubergwerk und erfährt viele interessante Dinge.

3 Unterstreiche alle Verben im Text.

Die Bergmänner haben ein schweres Leben. In den Stollen ist es dunkel und heiß. Auch kann die Arbeit lebensgefährlich sein: z. B. wenn sich Gase sammeln, können die Männer daran ersticken. Doch die Bergmänner wissen sich zu helfen: Sie nehmen einen Vogel mit nach unten. Fällt dieser bewusstlos von der Stange, wissen sie, dass Gefahr droht.

4 Fülle den Lückentext aus.
Setze dazu die entsprechenden unterstrichenen Verben aus Aufgabe 3 ins Präteritum.

Die Bergmänner hatten ein schweres Leben. In den Stollen war es dunkel und heiß. Auch konnte die Arbeit lebensgefährlich sein: z. B. wenn sich Gase sammelten, konnten die Männer daran ersticken. Doch die Bergmänner wussten sich zu helfen: Sie nahmen einen Vogel mit nach unten. Fiel dieser bewusstlos von der Stange, wussten sie, dass Gefahr drohte.

Das Forderheft Deutsch 3 – Lösungen (Seite 24 – 27)

Der 2. Deutschmeister

20 min

1 Mit oder ohne h? Schreibe die Verben.

fa~~h~~ren kü~~h~~len hu~~h~~pen ne~~h~~men za~~h~~len be~~h~~ten

mit dem Auto …	fahren	Geld geben	zahlen
zu Gott …	beten	greifen	nehmen
laut tuten	hupen	kalt stellen	kühlen

2 Trage die richtigen Pronomen ein.

Malte ist im Park. Dort sieht (Malte) er ein Eichhörnchen. (Das Eichhörnchen) Es lässt sich von (Malte) ihm füttern. Eine Frau steht am Ententeich. (Die Frau) Sie füttert (die Enten) sie mit Brot. Anscheinend schmeckt (das Brot) es (den Enten) ihnen.

3 Markiere die Nomen gelb, Verben grün und Adjektive blau.

Hamster süß schlafen weich Nest

4 Bilde mithilfe der Wörter aus Aufgabe 3 einen Satz.

Der süße Hamster schläft im weichen Nest.

5 Schreibe die Verben im Präteritum auf.

er fällt	er fiel	sie schläft	sie schlief
du rennst	du ranntest	wir essen	wir aßen

Du hast ▢ von 23 Aufgaben richtig gelöst.

Deutsch-Bonbon

1 Markiere die Wörter in der richtigen Farbe.

Säugetier: grün Vogel: blau Insekt: rot

Fuchs Sperling Wasserläufer Huhn Pinguin Bär Maikäfer Eisbär Rotkehlchen Hamster Schwan Kuh Biene Eule Motte Werwolf Weiße Fliege Skarabäus Wal Feuerwanze Phönix

2 Ordne die Nomen richtig zu.

	Säugetier	Vogel	Insekt
rot	Fuchs	Rotkehlchen	Feuerwanze
braun	Bär	Sperling	Maikäfer
weiß	Eisbär	Schwan	Weiße Fliege
Wassertier	Wal	Pinguin	Wasserläufer
Nutztier	Kuh	Huhn	Biene
nachtaktiv	Hamster	Eule	Motte
legendär	Werwolf	Phönix	Skarabäus

Redebegleitsatz

Der Redebegleitsatz mit Doppelpunkt : gibt an, wer spricht.

Wörtliche Rede

Die wörtliche Rede steht in Anführungszeichen „…“ und ist das, was gesprochen wird.

1 Unterstreiche im Text die Redebegleitsätze rot und die wörtliche Rede blau.
Ergänze dann die Doppelpunkte und die Anführungszeichen.

Hanna fragt ihre Mutter: „Mama, darf ich das Computerspiel installieren? Man baut sich dort einen Freizeitpark auf.“ Hannas Mutter antwortet: „Das klingt nach einer spannenden Aufgabe. Ich helfe dir beim Installieren und schaue mir das Spiel an.“ Mutter und Tochter sitzen am Computer. Hannas Mutter sagt: „Hier steht, man kann das Spiel auch online spielen.“ Hanna erwidert: „Ich weiß, Zarah hat mich schon gefragt, ob wir es zusammen spielen können.“

2 Schreibe das Gespräch weiter. Die Bilder unten helfen dir dabei.

Hanna überlegt: „Vielleicht
individuelle Lösung

3 Hannas Oma Christa kommt vorbei und lässt sich das Spiel zeigen. Ordne jeder Person zwei Sätze zu. Male sie in der entsprechenden Farbe aus.

- Oma Christa: „Gern können wir online zusammen spielen, wenn es regnet.“ / „Aber jetzt könnten wir doch Halma spielen.“
- Hanna: „Da freue ich mich schon auf den nächsten Regen!“ / „Vielleicht spielt Mama ja auch mit.“

4 Schreibe das Gespräch in der richtigen Reihenfolge auf. Schreibe einen passenden Redebegleitsatz dazu. Die Verben unten helfen dir dabei.

Oma Christa sagt: „Gern können wir online zusammen spielen, wenn es regnet.“ Hanna ruft: „Da freue ich mich schon auf den nächsten Regen!“ Oma Christa schlägt vor: „Aber jetzt könnten wir doch Halma spielen.“ Hanna überlegt: „Vielleicht spielt Mama ja auch mit.“

~~ruft~~ ~~sagt~~ ~~schlägt vor~~ ~~überlegt~~

Zusammengesetzte Nomen sagen genauer, was gemeint ist.

1 Verbinde die Nomen zu sinnvollen zusammengesetzten Nomen.

Computer	Abend
Freizeit	Bahn
Schule	Park
Spiele	Spiel
Straßen	Tag

(Computer – Spiel, Freizeit – Park, Schule – Tag, Spiele – Abend, Straßen – Bahn)

2 Ergänze mit den zusammengesetzten Nomen aus Aufgabe 1.

Hanna trifft am nächsten Schultag ihre Freundin Marie in der Straßenbahn. Sie erzählt von ihrem Spieleabend mit ihrer Oma: „Sie hat mir auch versprochen, dass wir zusammen ein Computerspiel spielen. Da muss man einen Freizeitpark aufbauen."

3 Schreibe die zusammengesetzten Nomen aus dem Text. Schreibe so:

die Schule – der Tag: der Schultag
die Straßen – die Bahn: die Straßenbahn
die Spiele – der Abend: der Spieleabend
der Computer – das Spiel: das Computerspiel
die Freizeit – der Park: der Freizeitpark

1 Welche Nomen mit Eu/eu fehlen in den Redewendungen? Ergänze die passenden Nomen.

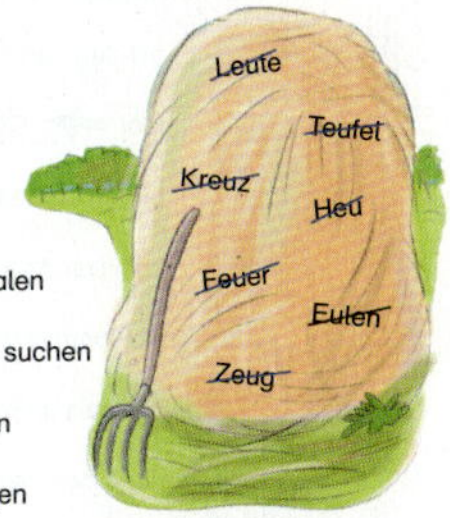

e Eulen nach Athen tragen.
s Kleider machen Leute
n Öl ins Feuer gießen
e den Teufel an die Wand malen
r die Nadel im Heu haufen suchen
u jemanden aufs Kreuz legen
t sich mächtig ins Zeug legen

2 Ordne die Redewendungen aus Aufgabe 1 der passenden Bedeutung zu. Trage hierzu den entsprechenden Buchstaben ein.

s Wie jemand wirkt, hängt auch von der Kleidung ab.
t sich sehr anstrengen
r etwas Unmögliches versuchen
e Unheil heraufbeschwören, indem man darüber spricht
u jemanden auf unfaire Art besiegen
e etwas Unsinniges tun
n ein Unglück noch vergrößern

3 Trage das Lösungswort aus Aufgabe 2 ein.

Wir lassen uns keinen Sand in die Augen streuen!

Vorsilben
verändern die Bedeutung von Wörtern.

1 Zu welchen Verben passt die Vorsilbe ver-? Kreise sie ein.

(kaufen) (raten) essen (schenken) täuschen
liegen (fahren) fragen (laufen) (schlafen)

2 Schreibe die passenden Verben aus Aufgabe 1 mit der Vorsilbe ver- auf.

verkaufen	verraten
verschenken	verfahren
verlaufen	verschlafen

3 Mit oder ohne Vorsilbe? Schreibe die passenden Verben in die Lücken.

Kim schläft gern lang.

Sie verschläft manchmal.

Opa fährt durch eine fremde Stadt.

Er verfährt sich häufig.

Hanna verschenkt ihr altes Puppenbett.

Sie schenkt es ihrer kleinen Cousine.

Umut verrät sein Geheimnis nicht.

Zarah muss deshalb raten.

Prädikat
Durch die Fragen „Was tut …?" oder „Was tun …?" findest du das Prädikat.

Der Ball | fliegt | über die Mauer.
Über die Mauer | fliegt | der Ball.
Fliegt | der Ball | über die Mauer?

1 Was machen Jonas und Emma? Schreibe Sätze und forme sie um.

Jonas | schaukelt | im Garten.
Im Garten | schaukelt | Jonas.
Schaukelt | Jonas | im Garten?

Emma | baut | eine Sandburg.
Eine Sandburg | baut | Emma.
Baut | Emma | eine Sandburg?

2 Unterstreiche jeweils das Prädikat.

Auf dem Rasen <u>schläft</u> Jonas' Katze. Sie <u>schnurrt</u> leise. Plötzlich <u>wacht</u> sie <u>auf</u>. <u>Hört</u> sie den Rasenmäher des Nachbarn oder <u>riecht</u> sie etwas zu essen? Jonas und Emma <u>sind</u> hungrig. Jonas <u>weiß</u>: In der Küche <u>liegen</u> Bananen. Schnell <u>holen</u> die Kinder sie und <u>schälen</u> die Früchte. Nach dem Essen <u>schnuppert</u> die Katze neugierig an den Schalen. <u>Mag</u> sie vielleicht etwas Obst?

1 Markiere sieben weitere Nomen, die mit der Vorsilbe „Vor-" ein neues Wort ergeben. Schreibe sie mit Artikel in die richtige Zeile.

H	A	N	G
S	V	A	R
I	E	M	M
C	D	E	I
H	I	Q	T
T	J	U	T
E	I	D	A
A	R	F	G
F	A	L	L
N	T	I	V
T	N	U	B
L	I	A	I
T	E	I	L
A	T	N	D

mit dem ruft man dich → der Vorname

Idol → das Vorbild

Lagerbestand → der Vorrat

positiver Aspekt → der Vorteil

Achtung! → die Vorsicht

Ereignis → der Vorfall

nach dem Morgen → der Vormittag

Gardine → der Vorhang

2 Bilde neue Verben mit der Vorsilbe vor-. Schreibe sie in der Grundform und in der er-Form auf.

vor-: -lesen, -fahren, -sagen, -schlagen, -stellen, -werfen, -ziehen, -schieben

vorlesen	er liest vor
vorfahren	er fährt vor
vorsagen	er sagt vor
vorschlagen	er schlägt vor
vorstellen	er stellt vor
vorwerfen	er wirft vor
vorziehen	er zieht vor
vorschieben	er schiebt vor

1 Markiere zehn weitere Wörter mit V/v. Trage sie in den Lückentext ein.

Q	E	S	I	V	E	T
U	V	Ö	G	E	L	I
V	O	R	T	R	A	G
E	N	J	I	W	C	A
R	F	V	M	A	V	A
S	U	O	B	N	E	V
C	V	R	R	D	R	O
H	U	F	A	T	B	R
W	L	A	V	A	L	F
U	K	L	E	D	Ü	A
N	A	L	T	L	F	H
D	N	A	D	R	F	R
E	E	Q	I	E	T	E
N	N	O	T	G	Z	N

Valentin und sein Vater besuchen einen Vortrag über die Vorfahren der Vögel. Valentin ist verblüfft, als er hört, dass die Vögel mit den Dinosauriern verwandt sind. Doch er hört weiter brav zu und erfährt von dem Vorfall mit dem Kometen. Es kam zu Ausbrüchen von Vulkanen und Eruptionen von Lava. Die Dinos sind so von der Erde verschwunden.

2 Welche Wörter mit V/v sind gesucht? Löse das Rätsel.

Ahne → Vorfahr

legendärer Blutsauger → Vampir

Tasteninstrument → Klavier

letzter Tag im Jahr → Silvester

Blumengefäß → Vase

Der 3. Deutschmeister

20 min

1 Verbinde die richtigen Satzteile miteinander. Schreibe das Gespräch mit Doppelpunkten und Anführungszeichen auf.

- Umut fragt Malte
- Malte antwortet
- Umut überlegt
- Malte ruft

- Klasse, dann bis um vier vorm Schwimmbad!
- Dafür reicht die Zeit in jedem Fall.
- Ich muss vorher noch mit dem Hund raus.
- Gehst du heute mit mir schwimmen?

Umut fragt Malte: „Gehst du heute mit mir schwimmen?" Malte antwortet: „Ich muss vorher noch mit dem Hund raus." Umut überlegt: „Dafür reicht die Zeit in jedem Fall." Malte ruft: „Klasse, dann bis um vier vorm Schwimmbad!"

2 Welche Verben passen zu ver- oder vor-? Male sie in der entsprechenden Farbe aus. Schreibe die neuen Verben auf.

haben, ver-, vor-, schenken, suchen, lieben, bereiten

versuchen, verlieben, verschenken, vorhaben, vorbereiten

Deutsch-Bonbon

1 Ordne die Wörter. Pro Schritt ändert sich immer nur ein Buchstabe, z. B. BALL → FALL → FELL.

HAND / BALD / BAND / HUND

BALL → BALD → BAND → HAND → HUND

KAHL / ZAUN / ZAHN / ZAHL

KOHL → KAHL → ZAHL → ZAHN → ZAUN

VASE / ROST / HASE / ROSE

ROST → ROSE → HOSE → HASE → VASE

2 Verwandle die Wörter in vier Schritten.

G	E	L	D
H	E	L	D
H	E	R	D
H	E	R	Z
H	A	R	Z

T	A	S	T	E
T	A	N	T	E
T	A	N	N	E
T	O	N	N	E
S	O	N	N	E

H	A	M	M	E	R
H	A	M	M	E	L
H	U	M	M	E	L
H	U	M	M	E	R
K	U	M	M	E	R

i oder ie?

Kommt in der 1. Silbe nach dem Vokal noch ein weiterer Buchstabe, schreiben wir i, z. B. Linde.
Kommt kein weiterer Buchstabe, schreiben wir ie, z. B. Spiegel.

1 Welches Teekesselchen mit i oder ie wird gesucht?
Teekesselchen steht für: Ein Wort mit zwei Bedeutungen.

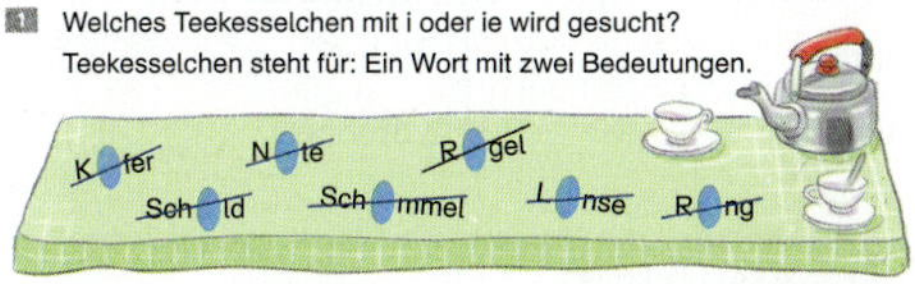

Schokostange	Riegel	Absperrschieber
Schmuckstück	Ring	Box-Kampffläche
Schwert und …	Schild	Verkehrszeichen
Baumart	Kiefer	Schädelknochen
Hülsenfrucht	Linse	Teil der Brille
Los ohne Gewinn	Niete	Metallbolzen
weißes Pferd	Schimmel	Pilz

2 Finde das Teekesselchen heraus und schreibe es auf. Achtung: Manche Teekesselchen klingen gleich, schreiben sich aber unterschiedlich.

Art und Weise	Stil	Stiel	Werkzeuggriff
Teil vom Auge	Lid	Lied	Musikstück
Bergwerk	Mine	Miene	Gesichtsausdruck

Subjekt

Durch die Frage **„Wer oder was** macht etwas?“ findest du im Satz das Subjekt.

1 Unterstreiche jeweils das Subjekt.

Auf dem Steg steht ein Junge.
Der Pullover ist rot.
Ein Mädchen winkt fröhlich.
Den Rucksack trägt Hanna.
Der Hund schwimmt.

Malte ruft seinen Hund.
Die Brille gehört Umut.
Bax ist im Wasser.
Laut quaken die Enten.
Auf den Steinen sitzt ein Frosch.

2 Schreibe die richtigen Namen in die Kästchen.

3 Wer macht was? Schreibe das passende Subjekt auf.

Bax   Malte

Hanna   Umut

Freundlich grüßt Hanna.
Umut muss kräftig pusten.
Gleich will Malte auch ins Wasser.
Bax paddelt ans Ufer.

1 Ergänze die fehlenden Formen.

Grundstufe	1. Vergleichsstufe	2. Vergleichsstufe
teuer	teurer	am teuersten
blau	blauer	am blausten
hart	härter	am härtesten
schön	schöner	am schönsten

2 Hanna und Malte besuchen eine Edelsteinausstellung und erfahren viel. Ergänze die Lücken sinnvoll mit den Wörtern aus Aufgabe 1.

Alle Edelsteine sind teuer, aber am teuersten ist ein Diamant. Man kann ihn schwer schleifen, da er auch am härtesten ist. Ein Aquamarin ist blau, ein Türkis ist sogar noch blauer und am blausten ist der Saphir. Hanna findet den Rubin schön, aber Malte findet den Smaragd schöner.

1 Was gehört zusammen? Verbinde.

2 Schreibe die zusammengesetzten Adjektive hinter die Pfeile.

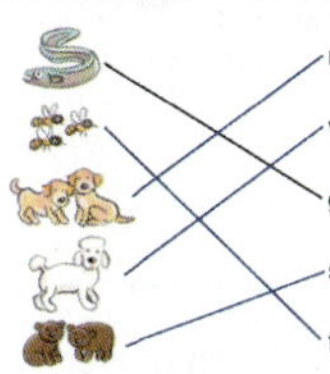

müde ➔ hundemüde
wohl ➔ pudelwohl
glatt ➔ aalglatt
stark ➔ bärenstark
fleißig ➔ bienenfleißig

3 Immer zwei Adjektive bilden ein zusammengesetztes Adjektiv. Male sie in der gleichen Farbe aus.

bitter rot willig süß wild
neu scharf warm sinnig kalt rosa
lau gierig fremd sauer frei

4 Schreibe die zusammengesetzten Adjektive aus Aufgabe 3 auf.

bitterkalt	scharfsinnig
neugierig	freiwillig
lauwarm	süßsauer
rosarot	wildfremd

Fremdwörter
sind Wörter aus anderen Sprachen, vor allem aus dem Lateinischen. Die Verbformen enden auf -ieren.

1 Wie lautet das Verb auf -ieren? Löse das Rätsel.

1) der Service 2) die Tapete 3) die Ruine
4) die Adresse 5) die Isolation 6) das Referat
7) die Kur 8) die Reparatur 9) die Jonglage

1)	SERVIEREN
2)	TAPEZIEREN
3)	RUINIEREN
4)	ADRESSIEREN
5)	ISOLIEREN
6)	REFERIEREN
7)	KURIEREN
8)	REPARIEREN
9)	JONGLIEREN

2 Trage das Lösungswort ein.

Probieren geht über Studieren.

Das bedeutet: Es ist leichter, etwas zu verstehen, wenn man es selbst ausprobiert hat.

1 Bilde Nomen aus den Wörtern und ordne sie richtig zu.

~~wild~~ ~~frei~~ ~~müde~~ ~~pünktlich~~ ~~schön~~ ~~wandern~~

unterwegs	positiv
Wanderung	Pünktlichkeit
Wildnis	Freiheit
Müdigkeit	Schönheit

2 Welche Nomen mit den Endungen -heit, -keit, -nis und -ung passen? Schreibe sie in die Lücken.

~~füttern~~ ~~wichtig~~ ~~mischen~~ ~~dunkel~~ ~~langsam~~ ~~emsig~~ ~~gesund~~ ~~entdecken~~ ~~erleben~~ ~~nähren~~

Felix sucht gerade alles für die Fütterung seiner Hamster zusammen. Für ihre Gesundheit ist es von großer Wichtigkeit, dass die Mischung der Nahrung stimmt. Aber es ist auch immer wieder ein Erlebnis für Felix: Bei der Entdeckung des neuen Futters ist es mit der Langsamkeit vorbei und die Tiere bringen schnell und voller Emsigkeit alles in ihr Häuschen. Später in der Dunkelheit der Nacht kann Felix die Hamster fressen hören.

Vergangenheit
Die zusammengesetzte Vergangenheit (Perfekt) wird beim Sprechen benutzt: **Ich bin gefahren, er hat gerufen.**
Beim Schreiben wird die einfache Vergangenheit (Präteritum) verwendet: **Ich fuhr, er rief.**

1 Ergänze die Tabellen.

Grundform	gehen	sehen	graben
Präsens	ich gehe	ich sehe	ich grabe
Präteritum	ich ging	ich sah	ich grub
Perfekt	ich bin gegangen	ich habe gesehen	ich habe gegraben

Grundform	lesen	machen	liegen
Präsens	ich lese	ich mache	ich liege
Präteritum	ich las	ich machte	ich lag
Perfekt	ich habe gelesen	ich habe gemacht	ich habe gelegen

2 Schreibe den Satz im Präteritum und Perfekt auf.

Präsens: Timo isst einen Apfel.
Präteritum: Timo aß einen Apfel.
Perfekt: Timo hat einen Apfel gegessen.

3 Malte erfährt von dem berühmtesten Diamanten der Welt, dem Koh-i-Noor. Unterstreiche alle Perfekt-Formen der Verben im Text.

Der Legende nach <u>hat</u> der indische Mogul den Diamanten bei der Eroberung seiner Stadt durch die Perser in seinem Turban <u>versteckt</u>. Eine Haremsdame <u>hat</u> dem Scheich von Persien <u>verraten</u>, wo er den Edelstein finden kann. Bei einer Feier <u>hat</u> der Scheich dem Mogul <u>vorgeschlagen</u>, die Turbane zu tauschen. Der Mogul <u>hat gewusst</u>, dass dies ein Zeichen der ewigen Freundschaft und Brüderlichkeit ist, und <u>hat</u> seinen Turban <u>abgegeben</u>.
Als der Scheich den Diamanten aus dem Turban <u>gewickelt hat</u>, <u>hat</u> er angeblich „Koh-i-Noor!" <u>gerufen</u>. Das ist persisch und bedeutet „Berg des Lichts".

4 Ergänze im Lückentext die Verben im Präteritum.

Der Legende nach versteckte der indische Mogul den Diamanten bei der Eroberung seiner Stadt durch die Perser in seinem Turban. Eine Haremsdame verriet dem Scheich von Persien, wo er den Edelstein finden kann. Bei einer Feier schlug der Scheich dem Mogul vor, die Turbane zu tauschen. Der Mogul wusste, dass dies ein Zeichen der ewigen Freundschaft und Brüderlichkeit ist, und gab seinen Turban ab.
Als der Scheich den Diamanten aus dem Turban wickelte, rief er angeblich „Koh-i-Noor!". Das ist persisch und bedeutet „Berg des Lichts".

Der 4. Deutschmeister

20 min

1 i oder ie? Schreibe die Wörter.

Sp gel	Spiegel	L nse	Linse
W nter	Winter	Sch ld	Schild
N te	Niete	W se	Wiese

2 Unterstreiche jeweils das Subjekt.

Heute liest Malte ein gutes Buch.
Er hat nämlich frei.
Kannst du nachher mit dem Hund spazieren gehen?
Seiner Mutter verspricht er das gern.

3 Wie lautet das Verb auf -ieren?

der Student	studieren	die Ruine	ruinieren
die Tapete	tapezieren	die Reaktion	reagieren

4 Trage die fehlenden Formen ein.

Grundform	warten	können	trinken
Präsens	ich warte	ich kann	ich trinke
Präteritum	ich wartete	ich konnte	ich trank
Perfekt	ich habe	ich habe	ich habe
	gewartet	gekonnt	getrunken

Deutsch-Bonbon

1 Wer ist es?

Welche Person ist mit Hanna verwandt?
Sie hat keinen Bart. Sie hat keine dunklen Augen.
Sie trägt keinen Ohrschmuck. Sie trägt die Haare offen.

Antwort: Es ist Bild Nummer 12.

2 Spielt gemeinsam. Einer beschreibt eine Person. Wer diese zuerst errät, darf in der nächsten Runde ansagen.

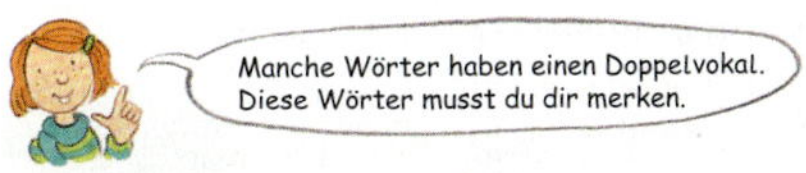

1 Welche Wörter mit Doppelvokal werden hier gesucht? Löse das Rätsel.

				B	E	E	T
	H	A	A	R	E		
			Z	O	O		
				M	O	O	S
				B	O	O	T
W	A	A	G	E			
S	C	H	N	E	E		
S	P	E	E	R			
				T	E	E	R
		K	L	E	E		
			F	E	E		

2 Trage das Lösungswort ein.

Opa trinkt gern Brombeertee.

3 Bilde die Verkleinerungsform.

das Paar – das Pärchen
das Boot – das Bötchen

1 ß oder ss? Schreibe die Wörter.

der Fu	der Fuß	der Rü el	der Rüssel
gie en	gießen	grü en	grüßen
mü en	müssen	der Ku	der Kuss
sü	süß	die Stra e	die Straße
hei en	heißen	die Ra el	die Rassel

2 ß oder ss? Trage die passenden Wörter in den Lückentext ein.

Hanna und Umut sitzen am ( ) Fluss.
Es ist sehr ( ) heiß und der ( ) Schweiß
läuft ihnen von der Stirn. Deshalb lassen sie ihre ( ) Füße
in das ( ) Wasser hängen.
Da schwimmen zwei ( ) Fässer an ihnen vorbei.
Auf einem sitzt Malte mit einem ( ) Blumenstrauß
in der Hand.

1 Welche Wörter mit Qu/qu werden hier gesucht? Löse das Rätsel.

1) Milchspeise
2) Meerestier mit vielen Tentakeln
3) Ratespiel
4) Glaskasten für Fische
5) Baby-Frosch
6) dichter Rauch
7) vier Musiker
8) Viereck

	1)			2)		3)		6)		7)
								Q		
								U		Q
	Q_1			Q		Q		A		U
	U			U_2		U		L_4		A
4)	A	Q	U	A	R	I	U	M		R
	R			L		Z				T
5)	K	A	U	L_5	Q	U	A	P	P	E_3
				E_6						T
8)				Q	U	A	D	R	A	T

2 Trage das Lösungswort ein.

Ich weiß aus sicherer Q u e l l e (1 2 3 4 5 6),
dass du das gut gemacht hast.

3 Bilde einen Satz, in dem das Nomen und das Verb ein qu-Wort sind, z. B.: Kaulquappen quaken nicht.

individuelle Lösung

Umlaute
Suche eine Form mit a oder au. Findest du sie, dann gilt:
a → ä, au → äu, z. B. Gans → Gänse; Maus → Mäuse.
Findest du keine Form mit au, schreibe eu, z. B. Leute.

1 Schreibe die abgebildeten Nomen in der Einzahl und in der Mehrzahl auf.

Hals	Rad	Gans	Haus
Hälse	Räder	Gänse	Häuser

Maus	Blatt	Zaun	Hand
Mäuse	Blätter	Zäune	Hände

2 ä oder e? äu oder eu? Schreibe die Wörter.

N●chte	Nächte	L●te	Leute
H●rzen	Herzen	h●te	heute
H●te	Häute	B●che	Bäuche
St●rne	Sterne	Pl●tze	Plätze
R●ber	Räuber	Sch●tze	Schätze

Satzglieder
Die Wörter eines Satzes, die beim Umstellen immer zusammenbleiben, bilden ein Satzglied.

1 Welche Satzbausteine gehören zusammen? Verbinde.

Das Monster	schläft	Pfannkuchen.
Der Junge	backt	im Baumhaus.
Er	macht	Frühstück.

2 Schreibe die Sätze richtig auf.

Das Monster schläft im Baumhaus.
Der Junge macht Frühstück.
Er backt Pfannkuchen.

3 Baue den Satz zweimal um.

Den Freunden | schmecken | die Pfannkuchen.

Die Pfannkuchen schmecken den Freunden.
Schmecken den Freunden die Pfannkuchen?

4 Unterstreiche die Satzglieder in unterschiedlichen Farben.

1 Ordne die Satzglieder in die Tabelle ein. Bilde sinnvolle Sätze.

~~eine Leiter~~ ~~mögen~~ ~~Piraten~~ ~~bastelt~~ ~~schnitzt~~ ~~die Eltern~~ ~~der Junge~~ ~~das Monster~~ ~~die Freunde~~ ~~eine Flöte~~ ~~spielen~~ ~~das Monster~~

Wer? Subjekt	macht Prädikat	Wen oder Was? Objekt
Das Monster	schnitzt	eine Flöte.
Der Junge	bastelt	eine Leiter.
Die Freunde	spielen	Piraten.
Die Eltern	mögen	das Monster.
individuelle Lösung	individuelle Lösung	individuelle Lösung

2 In der Tabelle ist noch Platz. Schreibe einen eigenen Satz auf.

3 Unterstreiche das Subjekt gelb, das Prädikat grün und das Objekt braun.

Das Baumhaus mögen alle.
Das Monster bewohnt das Baumhaus.
Der Junge und das Monster sind Freunde.
Das Monster lieben alle.

1 Präsens, Präteritum, Perfekt: Ergänze die fehlenden Formen.

Das Monster lebt im Wald.

Das Monster lebte im Wald.

Das Monster hat im Wald gelebt.

Der Junge verläuft sich.

Der Junge verlief sich.

Der Junge hat sich verlaufen.

Ich helfe dir.

Ich half dir.

Ich habe dir geholfen.

2 Finde passende Verben zu den Bildern und schreibe einfache Sätze im Präsens, Präteritum und Perfekt. (Beispiellösungen)

	Präsens	Präteritum	Perfekt
	Tim schreibt.	Tim schrieb.	Tim hat geschrieben.
	Susi reitet.	Susi ritt.	Susi ist geritten.
	Die Kinder spielen.	Die Kinder spielten.	Die Kinder haben gespielt.

1 Welche Merkwörter mit i werden hier gesucht? Löse das Rätsel.

1) Insekt mit zwei Paar Flügeln
2) Tier mit langem Hals
3) ermittelt im Geheimen
4) kommt am 6.12.
5) Tiere im Frack
6) ähnlich wie Clementine
7) Gehege für gestreifte Raubkatze
8) Gerät zum Zusammenfügen von Stoff
9) saures Brausegetränk (Kurzwort)
10) Langform von Krimi
11) großes Boot für Seeräuber

1)	L I B E[2] L L E
2)	G I R A F[4] F E
3)	D[1] E T E K T I V
4)	N I K O L A U[10] S
5)	P I[5] N G U I N E
6)	M A N[6] D A R I N E
7)	T I G E R[8] K Ä F I G
8)	N Ä H M[11] A S C H I N E
9)	Z I[9] T R O N E N L I M O
10)	K R I M I N A L[3] R O M A N
11)	P I R A[7] T E N S C H I F F

2 Trage das Lösungswort ein.

Eine Anlage für Delfine nennt man

D	E	L	F	I	N	A	R	I	U	M
1	2	3	4	5	6	7	8	9	10	11

Der 5. Deutschmeister

20 min

1 Fülle die Lücken.

Malte fährt mit einem (B_t) Boot aufs (M_r) Meer hinaus. Gern hätte er ein (Flo_) Floß gehabt. Plötzlich sieht er (_allen) Quallen. Er weiß, dass man mit den Tieren keinen (_atsch) Quatsch machen soll.

Deshalb paddelt er schnell zum Kai zurück. Dort erwarten ihn schon seine (Gro_eltern) Großeltern und (begrü_en) begrüßen ihn mit einem (Ku_) Kuss auf die Wange.

2 äu oder eu? Schreibe die Wörter.

t_er teuer   br_nlich bräunlich
r_men räumen   N_bau Neubau

3 Unterstreiche die Satzglieder in unterschiedlichen Farben. Baue den Satz zweimal um.

Umut und Leni fegen das Klassenzimmer.

Das Klassenzimmer fegen Umut und Leni.

Fegen Umut und Leni das Klassenzimmer?

4 i oder ie?

L i nde   l ie ben   R ie se   Kr ie cht ie r   T i ntenk i ller

Deutsch-Bonbon

1 1825 hat Louis Braille (sprich: Lui Breij) eine Punkteschrift für Blinde entwickelt. Kannst du die Botschaft entziffern?

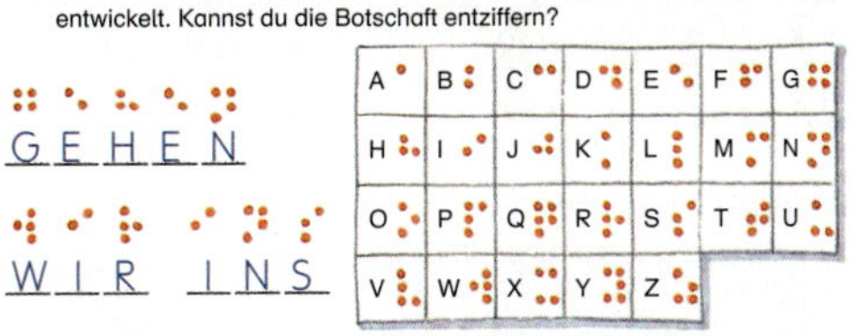

GEHEN

WIR INS

SCHWIMMBAD?

2 Denke dir ein Wort mit höchstens acht Buchstaben aus, das du verschlüsseln möchtest.

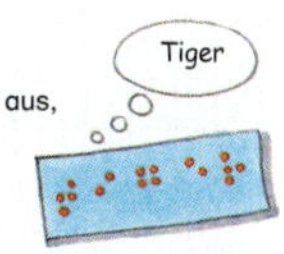

individuelle Lösung

3 Verschlüssle es mit der Punkteschrift.

4 Schreibe das Wort in Punkteschrift auf einen Zettel. Kann jemand aus deiner Klasse das Rätsel lösen?

Komma als Aufzählungszeichen
Wenn Wörter oder Satzglieder aufgezählt werden, wird ein Komma dazwischengesetzt.
Vor dem letzten Wort der Aufzählung steht ein **und** oder ein **oder**.

1 Die Freunde erzählen etwas über sich. Trage die fehlenden Kommas ein.

Ich mag Pinguine, Otter, Emus und Kängurus.

Ich kann ganz gut zeichnen, Rad schlagen, zuhören und singen.

Leider sehe ich meinen Onkel, meine Tante, meine Cousinen und meine Großeltern nicht oft.

Ich gehe gern ins Kino, schwimmen, besuche Freunde oder spiele am Computer.

Ich würde gern einmal nach Kuba, in die USA, nach Brasilien oder Chile reisen.

2 Erzähle auch etwas von dir.
Benutze dafür Kommas als Aufzählungszeichen.

individuelle Lösung

1 Nomen + Nomen = Nomen.
Finde in der Wörterschlange die Wortgrenzen. Setze die passenden Wörter zusammen und schreibe die Nomen mit Artikel auf.

die Kartoffelschale	die Paprikaschote
das Tomatenmark	der Salzstreuer
die Käsereibe	der Kopfsalat

2 Nomen + Adjektiv = Adjektiv. Arbeite wie in Aufgabe 1.

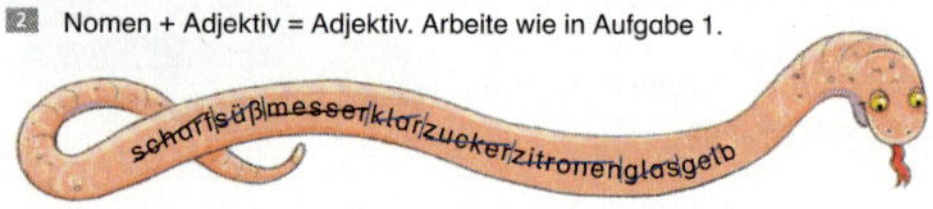

messerscharf	zuckersüß
glasklar	zitronengelb

3 Verb + Nomen = Nomen. Arbeite wie in Aufgabe 1.

der Kochtopf	der Kühlschrank
das Backblech	die Bratpfanne

1 g oder k? b oder p? d oder t? Schreibe zuerst die zweisilbige wir-Form.

g/k? sie le▢t	wir legen	sie legt
b/p? er grä▢t	wir graben	er gräbt
d/t? sie lä▢t	wir laden	sie lädt

2 Markiere sechs weitere Verben.

A	S	C	H	E	N	K	E	N	P	W
F	K	T	S	V	M	X	E	L	Y	U
G	R	E	I	B	E	N	G	R	S	C
I	N	X	S	R	J	L	R	P	G	E
J	G	K	I	S	E	Y	A	B	N	H
R	L	Q	S	F	H	P	B	E	A	E
N	A	J	S	R	M	P	E	W	N	B
Z	U	Z	E	I	G	E	N	I	O	E
I	B	U	E	C	K	L	H	E	B	N
E	E	T	D	P	F	I	N	D	E	N
J	N	C	R	E	P	N	D	S	Z	A

3 Bilde die er-Form der Verben aus Aufgabe 2.
Trage sie in die richtige Lücke ein.

Aladin gräbt in einer Höhle nach einem Schatz und findet eine Lampe. Wenn er an ihr reibt, erscheint ein Geist. Zuerst glaubt er nicht, was er sieht. Doch als der Flaschengeist seine magischen Kräfte zeigt und ihn auf einen fliegenden Teppich hebt, ist er überzeugt. Der Flaschengeist schenkt Aladin drei freie Wünsche.

1 e oder ä? eu oder äu? Trage ein.

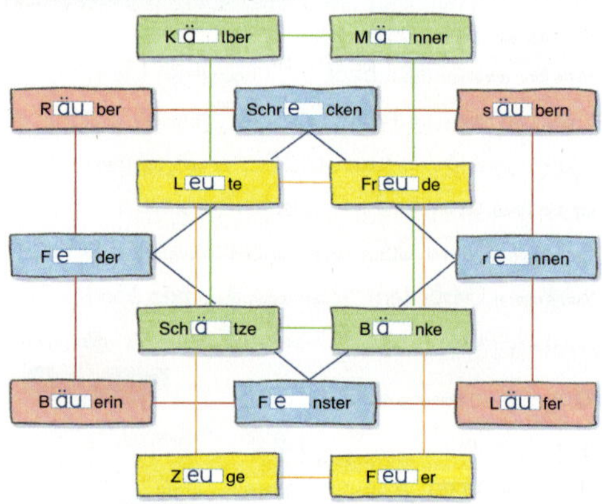

2 Male alle Wörter mit „e“ blau an, alle Wörter mit „ä“ grün, Wörter mit „eu“ gelb und Wörter mit „äu“ rot.

3 Verbinde alle Wörter der gleichen Farbe zu einem Viereck.

4 Leite alle Wörter mit ä und äu ab.

Kälber – Kalb, Männer – Mann
Schätze – Schatz, Bänke – Bank
Räuber – rauben, säubern – sauber
Bäuerin – Bauer, Läufer – laufen

Zur Erinnerung:
- Nomen schreibt man groß. Denke an die der-die-das-Probe.
- Am Satzanfang schreibt man groß.
- Wörter mit den Signal-Endungen -heit, -keit, -nis und -ung schreibt man groß.

1 Welche Wörter schlängeln sich durch die Kästchen? Arbeite wie auf Seite 5.

E F R / D U E | U N S / E R E | C Ä W / H S T | E H C / W E L | T B R / I E A

2 Schreibe die Nomen aus Aufgabe 1 mit Artikel auf.

die Freude — die Arbeit

3 Unterstreiche die Nomen und schreibe den Text dann richtig ab.

hanna erzählt in der klasse von einem hasen, den sie gestern im internet gesehen hat. er hatte die größe eines hundes. das löst heiterkeit bei den kindern aus.

Hanna erzählt in der Klasse von einem Hasen, den sie gestern im Internet gesehen hat. Er hatte die Größe eines Hundes. Das löst Heiterkeit bei den Kindern aus.

h-Regel: Das stumme h im Wortstamm

Nur Wortstämme, die auf l, m, n oder r enden, schreiben wir mit h.

1 Kreise bei den Verben den Wortstamm ein.

2 Scheibe bei allen Verben die richtige Personalform.

(gähn)en	du	gähnst
(les)en	er	liest
(zähm)en	er	zähmt
er(mahn)en	ich	ermahne
(stehl)en	er	stiehlt
(lahm)en	es	lahmt
(nehm)en	wir	nehmen
(helf)en	er	hilft
(küss)en	wir	küssen
(lös)en	du	löst
be(fehl)en	er	befiehlt

3 Trage das Lösungswort ein.

Ich verrate dir Geheimnisse.

Der 6. Deutschmeister

1 Schreibe den Text richtig ab. Denke an die Satzschlusszeichen und setze Kommas, wenn welche fehlen.

im zoo freut hanna sich besonders auf die fütterung der löwen tiger und pumas sie beobachtet fotografiert und streichelt aber auch gern die ziegen wo sind nur die süßen erdmännchen

Im Zoo freut Hanna sich besonders auf die Fütterung der Löwen, Tiger und Pumas. Sie beobachtet, fotografiert und streichelt aber auch gern die Ziegen. Wo sind nur die süßen Erdmännchen?

2 b oder p? g oder k? Schreibe die Wörter.

In der Pause blei_t bleibt Malte im Klassenzimmer und schrei_t schreibt die Hausaufgaben auf. Leni sin_t singt ein Lied. Umut fän_t fängt einen Ball. Hanna trin_t trinkt Saft.

3 Mit oder ohne h? Schreibe die Wörter.

Die Familie fä_rt fährt in die Ferien.

Oma begrü_ßt begrüßt Zarah.

Papa fü_lt fühlt sich nicht wohl.

Deutsch-Bonbon

Akrostichon

Beim Akrostichon bilden die Anfangsbuchstaben untereinanderstehender Wörter ein Nomen.

Hecheln
Unterhaltsam
Neugierig
Dackel

1 Schreibe ein Akrostichon mit Wörtern oder Sätzen über die Katze.

K individuelle Lösung
A
T
Z
E

2 Welches ist dein Lieblingstier? Schreibe ein Akrostichon darüber.

individuelle Lösung

Deutsch-Sahnebonbon

1 Löse das Wortstamm-Quadrat.

K	L	Ä	R
N			O
E			L₄
D	N	A₆	L

er rollt

ich denke

du klärst

sie landet

2 Verwandle die Wörter.

A	D	E	L
A	D	E	R
A	B₁	E	R
E	B	E	R

3 Entschlüssle mithilfe des Braillealphabets von Seite 55 das Wort.

S P R(2) U N G B R E T T(8)

4 Ordne die Wörter zu einem Akrostichon.

Ahorn Möbel Bonsai Urwald

B o n s a i(3)

A h o r n(7)

U r w a l d

M ö b e l(5)

5 Trage das Lösungswort ein.

b(1) r(2) i(3) l(4) l(5) a(6) n(7) t(8)

53

55

56

57

58

59

60

61

63

64

1. Deutschmeister

2. Deutschmeister

3. Deutschmeister

4. Deutschmeister

5. Deutschmeister

6. Deutschmeister

Die runden Sticker sind keine Sticker fürs Wimmelbild.
Benutze sie, wie du möchtest.

Mit diesem Heft übt:

____

Das Übungsheft Texte schreiben – Klasse 3

Grundlagen und Aufsatztraining

Auch Texte schreiben kann man lernen! Die **Übungshefte Texte schreiben** bieten kurze, in sich geschlossene Übungseinheiten, die dazu beitragen, Sicherheit beim Verfassen eigener Texte zu erlangen.

In abwechslungsreichen Aufgaben können die Schülerinnen und Schüler Textformen wie

- Personenbeschreibung
- Bericht
- Erlebnis- und Fantasieerzählung

mit Spaß, stressfrei und eigenständig trainieren.

Das Übungsheft Texte schreiben 3

64 S., vierf., Gh, 17 x 24 cm,
mit Stickerbogen und Lösungsheft
ISBN 978-3-619-34173-3

www.mildenberger-verlag.de/752

Leserabe – Lesestufe 3

In Zusammenarbeit mit dem Ravensburger Buchverlag wurden ausgewählte Titel aus der erfolgreichen Leserabe-Serie mit dem farbigen Silbentrenner ausgestattet.

Die 3. Lesestufe der beliebten Leserabe-Reihe wendet sich in Inhalt und Sprache an Kinder ab der 3. Klasse. Der farbige Silbentrenner in Schwarz/Grau unterstützt das Lesen unauffällig – aber genauso effektiv wie in Blau/Rot bei Lesestufe 1 und 2.

Vom Abenteuer im Labyrinth bis hin zum schaurigen Gruselinternat. Bei den Leserabe-Geschichten ist garantiert für jeden Geschmack etwas dabei.

Leserabe – Lesestufe 3

je 60 S., vierf., FeEbd, 17 x 24 cm,
mit Stickerbogen und Lösungsheft

Im Labyrinth der Finsternis	ISBN 978-3-619-14480-8
Ein Fall für die Kichererbsen	ISBN 978-3-619-14481-5
Agent Andy Action	ISBN 978-3-619-14482-2
Die Girls vom Gruselinternat	ISBN 978-3-619-14483-9
Leute, ich werd' Superstar!	ISBN 978-3-619-14484-6

www.mildenberger-verlag.de/320

Das Übungsheft Mathematik – Klasse 3

Mit dem Übungsheft werden die Grundlagen für Mathematik optimal trainiert. Nur 5 Minuten jeden Tag machen fit in Mathe. Zu jedem Übungsheft kostenlos: das Mathetiger-Portal mit interessanten und abwechslungsreichen Übungen, die speziell auf die einzelnen Übungshefte abgestimmt sind.

Das Übungsheft Mathematik 3

84 S., vierf., Gh, 14,8 x 22 cm (größer als DIN A5),
mit Lösungsheft und Stickerbogen
ISBN 978-3-619-35454-2

www.mildenberger-verlag.de/186

1 Markiere zehn weitere Wörter mit V/v. Trage sie in den Lückentext ein.

Valentin und sein Vater besuchen einen

Vortrag ________ über die ________

der ________. Valentin ist

________, als er hört, dass die Vögel

mit den Dinosauriern ________ sind.

Doch er hört weiter ________ zu und

erfährt ________ dem ________

mit dem Kometen. Es kam zu Ausbrüchen von

________ und Eruptionen von ________.

Die Dinos sind so von der Erde ________.

Q	E	S	I	V	E	T
U	V	Ö	G	E	L	I
V	O	R	T	R	A	G
E	N	J	I	W	C	A
R	F	V	M	A	V	A
S	U	O	B	N	E	V
C	V	R	R	D	R	O
H	U	F	A	T	B	R
W	L	A	V	A	L	F
U	K	L	E	D	Ü	A
N	A	L	T	L	F	H
D	N	A	D	R	F	R
E	E	Q	I	E	T	E
N	N	O	T	G	Z	N

2 Welche Wörter mit V/v sind gesucht? Löse das Rätsel.

Ahne → Vorfahr

legendärer Blutsauger → ________

Tasteninstrument → ________

letzter Tag im Jahr → ________

Blumengefäß → ________

Der 3. Deutschmeister

20 min

1 Verbinde die richtigen Satzteile miteinander.
Schreibe das Gespräch mit Doppelpunkten und Anführungszeichen auf.

Umut fragt Malte	Klasse, dann bis um vier vorm Schwimmbad!
Malte antwortet	Dafür reicht die Zeit in jedem Fall.
Umut überlegt	Ich muss vorher noch mit dem Hund raus.
Malte ruft	Gehst du heute mit mir schwimmen?

2 Welche Verben passen zu ver- oder vor-? Male sie in der entsprechenden Farbe aus. Schreibe die neuen Verben auf.

haben | ver- | vor- | schenken | suchen | lieben | bereiten

Du hast ___ von 22 Aufgaben richtig gelöst.

Deutsch-Bonbon

1 Ordne die Wörter. Pro Schritt ändert sich immer nur ein Buchstabe, z. B. BALL → FALL → FELL.

HANDE / BALD / BAND / HUND

BALL → ______ → ______ → ______ → ______

KAHL / ZAUN / ZAHN / ZAHL

KOHL → ______ → ______ → ______ → ______

VASE / ROST / HASE / ROSE

______ → ______ → HOSE → ______ → ______

2 Verwandle die Wörter in vier Schritten.

G	E	L	D
H	A	R	Z

T	A	S	T	E
S	O	N	N	E

H	A	M	M	E	R
K	U	M	M	E	R

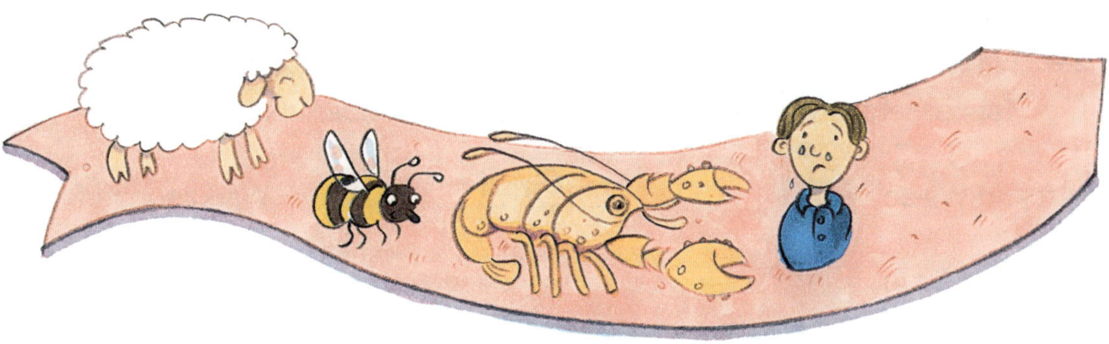

i oder ie?

Kommt in der 1. Silbe nach dem Vokal noch ein weiterer Buchstabe, schreiben wir i, z. B. Linde.
Kommt kein weiterer Buchstabe, schreiben wir ie, z. B. Spiegel.

1 Welches Teekesselchen mit i oder ie wird gesucht?
Teekesselchen steht für: Ein Wort mit zwei Bedeutungen.

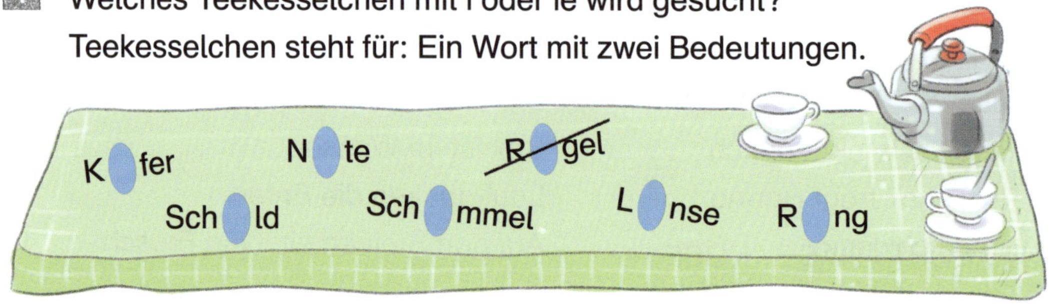

Schokostange	Riegel	Absperrschieber
Schmuckstück		Box-Kampffläche
Schwert und ...		Verkehrszeichen
Baumart		Schädelknochen
Hülsenfrucht		Teil der Brille
Los ohne Gewinn		Metallbolzen
weißes Pferd		Pilz

2 Finde das Teekesselchen heraus und schreibe es auf. Achtung: Manche Teekesselchen klingen gleich, schreiben sich aber unterschiedlich.

Art und Weise	Stil	Stiel	Werkzeuggriff
Teil vom Auge			Musikstück
Bergwerk			Gesichtsausdruck

Subjekt

Durch die Frage „**Wer oder was** macht etwas?“ findest du im Satz das Subjekt.

1 Unterstreiche jeweils das Subjekt.

Auf dem Steg steht <u>ein Junge</u>.
Der Pullover ist rot.
Ein Mädchen winkt fröhlich.
Den Rucksack trägt Hanna.
Der Hund schwimmt.

Malte ruft seinen Hund.
Die Brille gehört Umut.
Bax ist im Wasser.
Laut quaken die Enten.
Auf den Steinen sitzt ein Frosch.

2 Schreibe die richtigen Namen in die Kästchen.

3 Wer macht was? Schreibe das passende Subjekt auf.

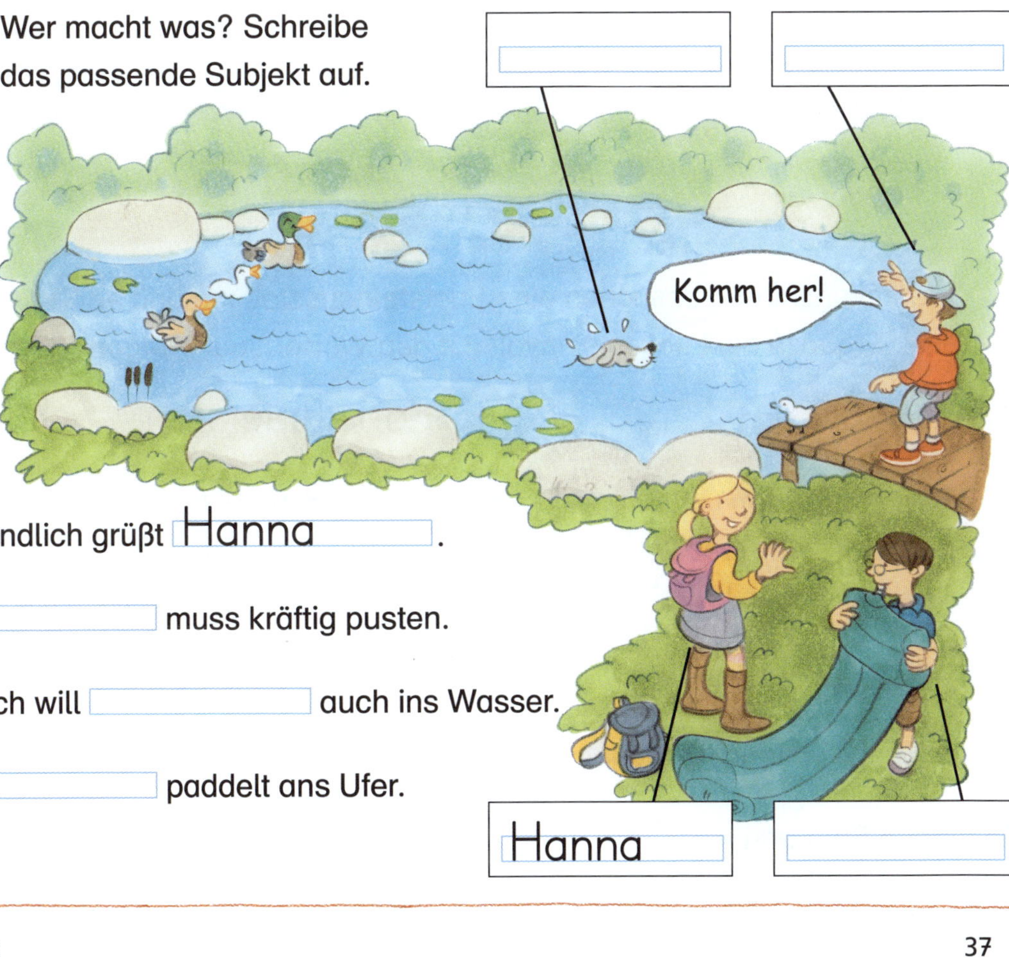

Freundlich grüßt Hanna.

_______ muss kräftig pusten.

Gleich will _______ auch ins Wasser.

_______ paddelt ans Ufer.

1 Ergänze die fehlenden Formen.

Grundstufe	1. Vergleichsstufe	2. Vergleichsstufe
teuer		
blau		
	härter	
		am schönsten

2 Hanna und Malte besuchen eine Edelsteinausstellung und erfahren viel. Ergänze die Lücken sinnvoll mit den Wörtern aus Aufgabe 1.

Alle Edelsteine sind ________, aber am teuersten ist ein Diamant. Man kann ihn schwer schleifen, da er auch ________ ist. Ein Aquamarin ist ________, ein Türkis ist sogar noch ________ und ________ ist der Saphir. Hanna findet den Rubin ________, aber Malte findet den Smaragd ________.

1 Was gehört zusammen? Verbinde.

2 Schreibe die zusammengesetzten Adjektive hinter die Pfeile.

müde	→	
wohl	→	
glatt	→	aalglatt
stark	→	
fleißig	→	

3 Immer zwei Adjektive bilden ein zusammengesetztes Adjektiv. Male sie in der gleichen Farbe aus.

bitter | rot | willig | süß | wild

neu | scharf | warm | sinnig | kalt | rosa

lau | gierig | fremd | sauer | frei

4 Schreibe die zusammengesetzten Adjektive aus Aufgabe 3 auf.

bitterkalt

Fremdwörter

sind Wörter aus anderen Sprachen, vor allem aus dem Lateinischen. Die Verbformen enden auf -ieren.

1 Wie lautet das Verb auf -ieren? Löse das Rätsel.

1) der Service	2) die Tapete	3) die Ruine
4) die Adresse	5) die Isolation	6) das Referat
7) die Kur	8) die Reparatur	9) die Jonglage

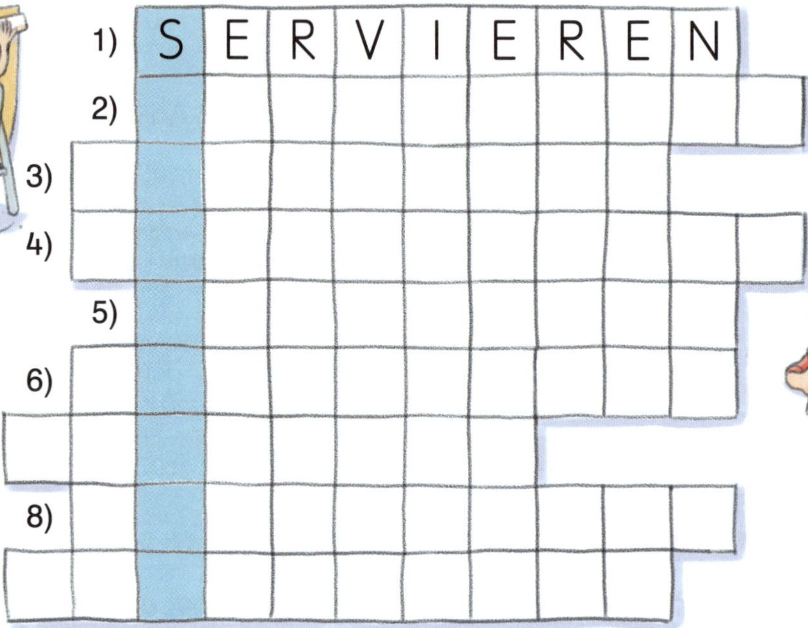

2 Trage das Lösungswort ein.

Probieren geht über S_______________.

Das bedeutet: Es ist leichter, etwas zu verstehen, wenn man es selbst ausprobiert hat.

1 Bilde Nomen aus den Wörtern und ordne sie richtig zu.

wild frei müde ~~pünktlich~~ schön wandern

unterwegs	positiv
______	Pünktlichkeit
______	______
______	______

2 Welche Nomen mit den Endungen -heit, -keit, -nis und -ung passen? Schreibe sie in die Lücken.

~~füttern~~ wichtig mischen dunkel langsam emsig gesund entdecken erleben nähren

Felix sucht gerade alles für die Fütterung seiner Hamster zusammen. Für ihre ______ ist es von großer ______, dass die ______ der ______ stimmt. Aber es ist auch immer wieder ein ______ für Felix: Bei der ______ des neuen Futters ist es mit der ______ vorbei und die Tiere bringen schnell und voller ______ alles in ihr Häuschen. Später in der ______ der Nacht kann Felix die Hamster fressen hören.

Vergangenheit

Die zusammengesetzte Vergangenheit (Perfekt) wird beim Sprechen benutzt: **Ich bin gefahren, er hat gerufen.** Beim Schreiben wird die einfache Vergangenheit (Präteritum) verwendet: **Ich fuhr, er rief.**

1 Ergänze die Tabellen.

Grundform	gehen		
Präsens			ich grabe
Präteritum			
Perfekt		ich habe	
		gesehen	

Grundform			liegen
Präsens		ich mache	
Präteritum	ich las		
Perfekt			

2 Schreibe den Satz im Präteritum und Perfekt auf.

Präsens: Timo isst einen Apfel.

Präteritum: ______

Perfekt: ______

3 Malte erfährt von dem berühmtesten Diamanten der Welt, dem Koh-i-Noor. Unterstreiche alle Perfekt-Formen der Verben im Text.

Der Legende nach hat der indische Mogul den Diamanten bei der Eroberung seiner Stadt durch die Perser in seinem Turban versteckt. Eine Haremsdame hat dem Scheich von Persien verraten, wo er den Edelstein finden kann. Bei einer Feier hat der Scheich dem Mogul vorgeschlagen, die Turbane zu tauschen. Der Mogul hat gewusst, dass dies ein Zeichen der ewigen Freundschaft und Brüderlichkeit ist, und hat seinen Turban abgegeben.
Als der Scheich den Diamanten aus dem Turban gewickelt hat, hat er angeblich „Koh-i-Noor!“ gerufen. Das ist persisch und bedeutet „Berg des Lichts“.

4 Ergänze im Lückentext die Verben im Präteritum.

Der Legende nach versteckte der indische Mogul den Diamanten bei der Eroberung seiner Stadt durch die Perser in seinem Turban. Eine Haremsdame ____ dem Scheich von Persien, wo er den Edelstein finden kann. Bei einer Feier ____ der Scheich dem Mogul ____, die Turbane zu tauschen. Der Mogul ____, dass dies ein Zeichen der ewigen Freundschaft und Brüderlichkeit ist, und ____ seinen Turban ____.

Als der Scheich den Diamanten aus dem Turban ____, ____ er angeblich „Koh-i-Noor!“. Das ist persisch und bedeutet „Berg des Lichts“.

Der 4. Deutschmeister

20 min

1 i oder ie? Schreibe die Wörter.

Sp gel		L nse	
W nter		Sch ld	
N te		W se	

2 Unterstreiche jeweils das Subjekt.

Heute liest Malte ein gutes Buch.

Er hat nämlich frei.

Kannst du nachher mit dem Hund spazieren gehen?

Seiner Mutter verspricht er das gern.

3 Wie lautet das Verb auf -ieren?

der Student		die Ruine	
die Tapete		die Reaktion	

4 Trage die fehlenden Formen ein.

Grundform	warten	können	trinken
Präsens	ich		
Präteritum			
Perfekt			

Du hast von 23 Aufgaben richtig gelöst.

1 Wer ist es?

Welche Person ist mit Hanna verwandt?
Sie hat keinen Bart. Sie hat keine dunklen Augen.
Sie trägt keinen Ohrschmuck. Sie trägt die Haare offen.

Antwort: Es ist Bild Nummer ______.

2 Spielt gemeinsam. Einer beschreibt eine Person. Wer diese zuerst errät, darf in der nächsten Runde ansagen.

Manche Wörter haben einen Doppelvokal.
Diese Wörter musst du dir merken.

1 Welche Wörter mit Doppelvokal werden hier gesucht?
Löse das Rätsel.

2 Trage das Lösungswort ein.

Opa trinkt gern B_______________.

3 Bilde die Verkleinerungsform.

das Paar – __________

das Boot – __________

Achtung:
das Haar – das Härchen
der Saal – die Säle

1 ß oder ss? Schreibe die Wörter.

der Fu_	der Fuß	der Rü_el	
gie_en		grü_en	
mü_en		der Ku_	
sü_		die Stra_e	
hei_en		die Ra_el	

2 ß oder ss? Trage die passenden Wörter in den Lückentext ein.

Hanna und Umut sitzen am () Fluss.

Es ist sehr () ________ und der () ________

läuft ihnen von der Stirn. Deshalb lassen sie ihre () ________

in das () ________ hängen.

Da schwimmen zwei () ________ an ihnen vorbei.

Auf einem sitzt Malte mit einem () ________

in der Hand.

1 Welche Wörter mit Qu/qu werden hier gesucht? Löse das Rätsel.

1) Milchspeise
2) Meerestier mit vielen Tentakeln
3) Ratespiel
4) Glaskasten für Fische
5) Baby-Frosch
6) dichter Rauch
7) vier Musiker
8) Viereck

2 Trage das Lösungswort ein.

Ich weiß aus sicherer __ __ e __ __ __ ,
(1 2 3 4 5 6)

dass du das gut gemacht hast.

3 Bilde einen Satz, in dem das Nomen und das Verb ein qu-Wort sind, z. B.: Kaulquappen quaken nicht.

Umlaute

Suche eine Form mit a oder au. Findest du sie, dann gilt:
a → ä, au → äu, z. B. Gans → Gänse; Maus → Mäuse.
Findest du keine Form mit au, schreibe eu, z. B. Leute.

1 Schreibe die abgebildeten Nomen in der Einzahl und in der Mehrzahl auf.

Hals
Hälse

2 ä oder e? äu oder eu? Schreibe die Wörter.

N chte	Nächte	L te	
H rzen		h te	
H te		B che	
St rne		Pl tze	
R ber		Sch tze	

Satzglieder

Die Wörter eines Satzes, die beim Umstellen immer zusammenbleiben, bilden ein Satzglied.

1 Welche Satzbausteine gehören zusammen? Verbinde.

Das Monster	schläft	Pfannkuchen.
Der Junge	backt	im Baumhaus.
Er	macht	Frühstück.

2 Schreibe die Sätze richtig auf.

3 Baue den Satz zweimal um.

Den Freunden | schmecken | die Pfannkuchen.

4 Unterstreiche die Satzglieder in unterschiedlichen Farben.

1 Ordne die Satzglieder in die Tabelle ein. Bilde sinnvolle Sätze.

eine Leiter
mögen
Piraten
bastelt
~~schnitzt~~
die Eltern
der Junge
~~das Monster~~
die Freunde
~~eine Flöte~~
spielen
das Monster

Wer? Subjekt	macht Prädikat	Wen oder Was? Objekt
Das Monster	schnitzt	eine Flöte.

2 In der Tabelle ist noch Platz. Schreibe einen eigenen Satz auf.

3 Unterstreiche das Subjekt gelb, das Prädikat grün und das Objekt braun.

Das Baumhaus mögen alle.
Das Monster bewohnt das Baumhaus.
Der Junge und das Monster sind Freunde.
Das Monster lieben alle.

1 Präsens, Präteritum, Perfekt: Ergänze die fehlenden Formen.

Das Monster lebt im Wald.

Der Junge verlief sich.

Ich habe dir geholfen.

2 Finde passende Verben zu den Bildern und schreibe einfache Sätze im Präsens, Präteritum und Perfekt.

	Präsens	Präteritum	Perfekt
	Tim schreibt.		
	Susi		
	Die Kinder		

1 Welche Merkwörter mit i werden hier gesucht? Löse das Rätsel.

1) Insekt mit zwei Paar Flügeln
2) Tier mit langem Hals
3) ermittelt im Geheimen
4) kommt am 6.12.
5) Tiere im Frack
6) ähnlich wie Clementine
7) Gehege für gestreifte Raubkatze
8) Gerät zum Zusammenfügen von Stoff
9) saures Brausegetränk (Kurzwort)
10) Langform von Krimi
11) großes Boot für Seeräuber

1)	L	I	B	E 2	L	L	E						
2)					4								
3)	1												
4)							10						
5)		5											
6)			6										
7)					8								
8)				11									
9)		9											
10)								3					
11)				7									

2 Trage das Lösungswort ein.

Eine Anlage für Delfine nennt man

	E									
1	2	3	4	5	6	7	8	9	10	11

.

Der 5. Deutschmeister

20 min

1 Fülle die Lücken.

Malte fährt mit einem (B t) ______ aufs (M r) ______ hinaus. Gern hätte er ein (Flo) ______ gehabt.

Plötzlich sieht er (allen) ______. Er weiß, dass man mit den Tieren keinen (atsch) ______ machen soll.

Deshalb paddelt er schnell zum Kai zurück. Dort erwarten ihn schon seine (Gro eltern) ______ und (begrü en) ______ ihn mit einem (Ku) ______ auf die Wange.

2 äu oder eu? Schreibe die Wörter.

t er ______ br nlich ______

r men ______ N bau ______

3 Unterstreiche die Satzglieder in unterschiedlichen Farben.
Baue den Satz zweimal um.

Umut und Leni fegen das Klassenzimmer.

______

______

4 i oder ie?

L ___ nde l ___ ben R ___ se Kr ___ cht ___ r T ___ ntenk ___ ller

Du hast ___ von 24 Aufgaben richtig gelöst.

1 1825 hat Louis Braille (sprich: Lui Breij) eine Punkteschrift für Blinde entwickelt. Kannst du die Botschaft entziffern?

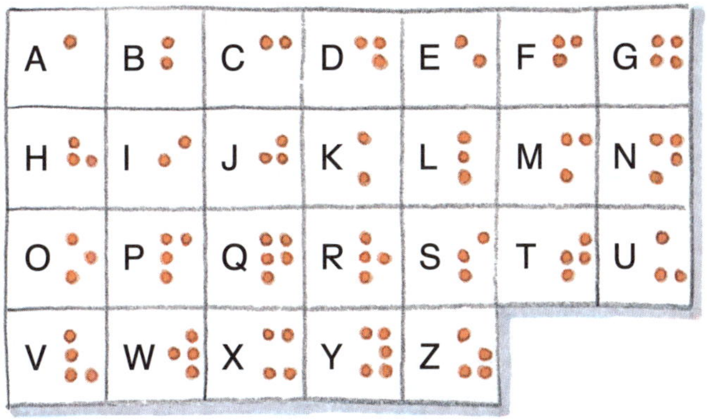

___ ___ ___ ___ ___

___ ___ ___ ___ ___ ___

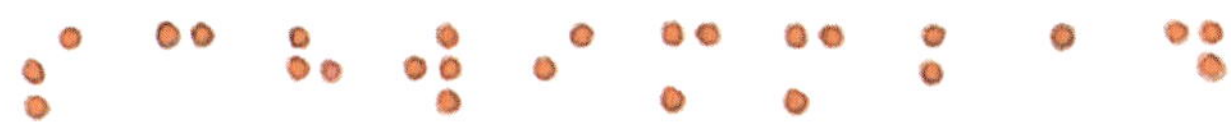

___ ___ ___ ___ ___ ___ ___ ___ ___ ___ ?

2 Denke dir ein Wort mit höchstens acht Buchstaben aus, das du verschlüsseln möchtest.

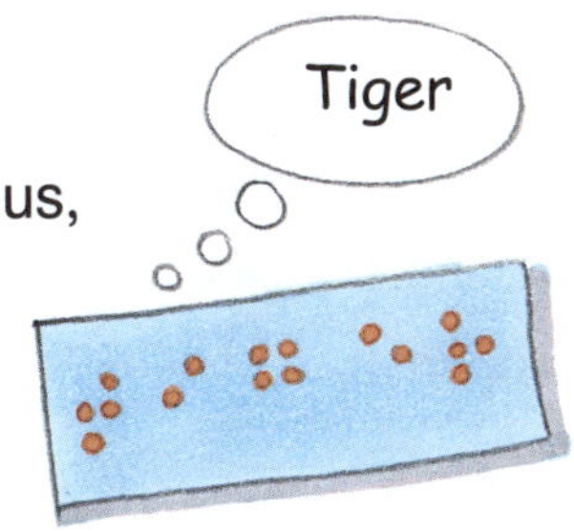

3 Verschlüssle es mit der Punkteschrift.

4 Schreibe das Wort in Punkteschrift auf einen Zettel. Kann jemand aus deiner Klasse das Rätsel lösen?

Komma als Aufzählungszeichen

Wenn Wörter oder Satzglieder aufgezählt werden,
wird ein Komma dazwischengesetzt.
Vor dem letzten Wort der Aufzählung steht ein **und** oder ein **oder**.

1 Die Freunde erzählen etwas über sich. Trage die fehlenden Kommas ein.

Ich mag Pinguine, Otter, Emus und Kängurus.

Ich kann ganz gut zeichnen Rad schlagen zuhören und singen.

Leider sehe ich meinen Onkel meine Tante meine Cousinen und meine Großeltern nicht oft.

Ich gehe gern ins Kino schwimmen besuche Freunde oder spiele am Computer.

Ich würde gern einmal nach Kuba in die USA nach Brasilien oder Chile reisen.

2 Erzähle auch etwas von dir.
Benutze dafür Kommas als Aufzählungszeichen.

1 Nomen + Nomen = Nomen.

Finde in der Wörterschlange die Wortgrenzen. Setze die passenden Wörter zusammen und schreibe die Nomen mit Artikel auf.

die Kartoffelschale

2 Nomen + Adjektiv = Adjektiv. Arbeite wie in Aufgabe 1.

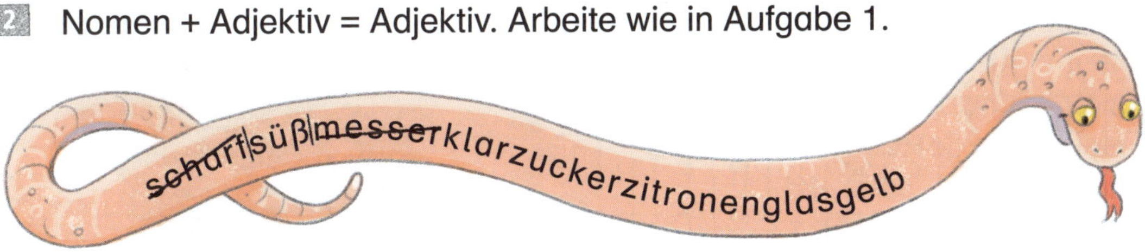

messerscharf

3 Verb + Nomen = Nomen. Arbeite wie in Aufgabe 1.

der Kochtopf

1 g oder k? b oder p? d oder t? Schreibe zuerst die zweisilbige wir-Form.

g/k?	sie le◯t	wir legen	sie legt
b/p?	er grä◯t		
d/t?	sie lä◯t		

2 Markiere sechs weitere Verben.

A	S	C	H	E	N	K	E	N	P	W
F	K	T	S	V	M	X	E	L	Y	U
G	R	E	I	B	E	N	G	R	S	C
I	N	X	S	R	J	L	R	P	G	E
J	G	K	I	S	E	Y	A	B	N	H
R	L	Q	S	F	H	P	B	E	A	E
N	A	J	S	R	M	P	E	W	N	B
Z	U	Z	E	I	G	E	N	I	O	E
I	B	U	E	C	K	L	H	E	B	N
E	E	T	D	P	F	I	N	D	E	N
J	N	C	R	E	P	N	D	S	Z	A

3 Bilde die er-Form der Verben aus Aufgabe 2.
Trage sie in die richtige Lücke ein.

Aladin gräbt in einer Höhle nach einem Schatz und ________ eine Lampe. Wenn er an ihr ________, erscheint ein Geist. Zuerst ________ er nicht, was er sieht. Doch als der Flaschengeist seine magischen Kräfte ________ und ihn auf einen fliegenden Teppich ________, ist er überzeugt. Der Flaschengeist ________ Aladin drei freie Wünsche.

1 e oder ä? eu oder äu? Trage ein.

K ä lber — M ___ nner

R ___ ber | Schr ___ cken | s ___ bern

L ___ te | Fr ___ de

F ___ der | r ___ nnen

Sch ___ tze | B ___ nke

B ___ erin | F ___ nster | L ___ fer

Z ___ ge | F ___ er

2 Male alle Wörter mit „e“ blau an, alle Wörter mit „ä“ grün, Wörter mit „eu“ gelb und Wörter mit „äu“ rot.

3 Verbinde alle Wörter der gleichen Farbe zu einem Viereck.

4 Leite alle Wörter mit ä und äu ab.

Kälber – Kalb,

______

______

______

Zur Erinnerung:
- Nomen schreibt man groß.
  Denke an die der-die-das-Probe.
- Am Satzanfang schreibt man groß.
- Wörter mit den Signal-Endungen
  -heit, -keit, -nis und -ung
  schreibt man groß.

1 Welche Wörter schlängeln sich durch die Kästchen?
Arbeite wie auf Seite 5.

E	**F**	R
D	U	E

U	N	S
E	R	E

C	Ä	**W**
H	S	T

E	H	C
W	E	L

T	B	R
I	E	**A**

2 Schreibe die Nomen aus Aufgabe 1 mit Artikel auf.

die Freude

3 Unterstreiche die Nomen und schreibe den Text dann richtig ab.

hanna erzählt in der klasse von einem hasen, den sie gestern im internet gesehen hat. er hatte die größe eines hundes. das löst heiterkeit bei den kindern aus.

Hanna erzählt

h-Regel: Das stumme h im Wortstamm

Nur Wortstämme, die auf l, m, n oder r enden, schreiben wir mit h.

1 Kreise bei den Verben den Wortstamm ein.

2 Scheibe bei allen Verben die richtige Personalform.

gähnen du
lesen er
zähmen er
ermahnen ich
stehlen er
lahmen es
nehmen wir
helfen er
küssen wir
lösen du
befehlen er

3 Trage das Lösungswort ein.

Ich verrate dir G_______________.

Der 6. Deutschmeister

20 min

1 Schreibe den Text richtig ab. Denke an die Satzschlusszeichen und setze Kommas, wenn welche fehlen.

im zoo freut hanna sich besonders auf die fütterung der löwen tiger und pumas sie beobachtet fotografiert und streichelt aber auch gern die ziegen wo sind nur die süßen erdmännchen

____

____

____

____

____

2 b oder p? g oder k? Schreibe die Wörter.

In der Pause blei_t __________ Malte im Klassenzimmer und schrei_t __________ die Hausaufgaben auf. Leni sin_t __________ ein Lied. Umut fän_t __________ einen Ball. Hanna trin_t __________ Saft.

3 Mit oder ohne h? Schreibe die Wörter.

Die Familie fä_rt __________ in die Ferien.

Oma begrü_ßt __________ Zarah.

Papa fü_lt __________ sich nicht wohl.

Du hast ____ von 24 Aufgaben richtig gelöst.

Akrostichon

Beim Akrostichon bilden die Anfangsbuchstaben untereinanderstehender Wörter ein Nomen.

Hecheln
Unterhaltsam
Neugierig
Dackel

1 Schreibe ein Akrostichon mit Wörtern oder Sätzen über die Katze.

K ______________________

A ______________________

T ______________________

Z ______________________

E ______________________

2 Welches ist dein Lieblingstier? Schreibe ein Akrostichon darüber.

____

____

____

____

____

____

____

1 Löse das Wortstamm-Quadrat.

K			
			4
		6	

er rollt

ich denke

du klärst

sie landet

2 Verwandle die Wörter.

A	D	E	L
	1		
E	B	E	R

3 Entschlüssle mithilfe des Braillealphabets von Seite 55 das Wort.

__ __ __ __ __ __ __ __ __ __ __

(2) (8)

4 Ordne die Wörter zu einem Akrostichon.

Ahorn Möbel Bonsai Urwald

					3
				7	
				5	

5 Trage das Lösungswort ein.

1	2	3	4	5	6	7	8